dele
刪除

本多孝好
TAKAYOSHI HONDA

目錄

First Hug

第一個擁抱

土撥鼠醒來的聲音，讓真柴祐太郎回過神來。

燦爛的陽光。夏季的庭園。水管噴灑出來的水。淡淡的彩虹。戴帽子的少女。回首輕柔地一笑。身後搖擺的向日葵。

祐太郎為了甩開在腦中嬉戲的記憶，猛地從躺臥的沙發站起來。

「工作嗎？」

他問辦公桌處的坂上圭司，但沒有回應。這裡是東京都心，午後三點，但都市的喧囂不會傳入位於大樓地下室的這間事務所。圭司把土撥鼠拉過去，敲打鍵盤。室內只聽得到喀噠喀噠聲響。

祐太郎走近辦公桌。

祐太郎先前躺的沙發、圭司面對的辦公桌，牆邊並排著高大的木製書架，但幾乎沒放什麼書。像樣的家具就只有這幾樣，事務所內一片空蕩。起初祐太郎以為是為了方便圭司通行，才將地面清空，但很快就明白單純只是這間事務所不需要東西。在這間事務所擔任最關鍵任務的，就是圭司手上正在操作的銀色薄型筆電。圭司稱它為「土撥鼠」。土撥鼠總是在圭司的辦公桌一隅沉睡著。它醒來的時候，多半都是有人死掉的時候。然後每當有人死掉，這間事務所的工作就開始了。

「欸，是工作吧？怎樣的內容？」

祐太郎站在辦公桌前再次追問，但圭司依然不答。只有敲鍵盤的喀噠聲回應他。

辦公桌上除了角落的土撥鼠以外，還有三台螢幕，左右兩台以「八」字型夾著中間一台。看在祐太郎眼中，它們就像是特殊交通工具的駕駛座。

約三個月前，祐太郎首次踏進這間單調無比的事務所。對於這名看似比自己年長六、七歲的雇主的冷漠態度，也習慣得差不多了。

「替委託人在死後將不願被任何人看到的資料，從數位裝置上刪除。這就是我們的工作。」

受雇第一天，「dele.LIFE」的所長，也是唯一一名員工的圭司如此說明。

「呃，什麼是數位裝置？」

「主要是智慧型手機、電腦、平板。」

「裡面有不想被人看到的資料……啊，色色的東西？A片那些對吧？」

祐太郎興奮地說，圭司以坐姿冷冷地仰望他：

「是啊，有色情的、血腥的、暴力的，但也有不是這樣的，五花八門。」

『在您離世後，為您刪除不需要的資料。』

首頁如此宣傳的官網，祐太郎也在拜訪事務所前看過了。其他還有這樣的宣傳文：『為了避免在死後讓家人不必要地操心……』、『為了防止失去管理者的資料外洩……』雖然覺得有點可疑，但不管怎麼樣，這些講的都是數位資料，他覺得這份工作和連電腦都不太會用的自己毫無關係。至於自己怎麼會有這種公司的名片，祐太郎已經不記得了。不過名片就丟在「工作候補盒」裡。這個盒子裡裝滿了大量的名片，是過去結識的人說著「你缺錢的時候」、「有空的時候」、「有興趣的話」，要他連絡而交給他的連絡方式。大部分都是名片或簡單的便條紙，連接灰色的世界，而這灰色的色調比起白，更接近黑。比方說一一接洽從人頭帳號提領現金的車手，回收款項的「代客收款」、佯裝好心的第三者，把贓物送交給回收業者的「商品運送」。祐太郎自稱「自由跑腿人」，總是做著不同的工作，他在挑選下一份差事時，首要考量就是不會被警方逮捕。最好是合法的；或者即使非法，也難以被舉發的；又或是即使被舉發，也容易逃過刑責的。考慮到這些條件，擁有正式名片和官網的公司吸引力十足。只打算撈一筆就收攤的公司，不會下這麼多成本。

「你覺得這家怎麼樣？」

祐太郎膝上抱著他養的貓，正在挑選下一份工作。他把那張名片伸到貓鼻子前，貓便抽動鼻子嗅了幾下，仰望祐太郎「喵」了一聲。

「OK，既然小玉先生說好的話。」

祐太郎把名片揣進牛仔褲口袋，當天就拜訪室內裝潢單調的事務所，被冷漠的男子雇用了。

那名冷漠的男子還在操作土撥鼠。

「要是老人家還好。」祐太郎想起上星期處理的上一個案子，喃喃道。「我討厭年輕的。」

圭司依然沒回話。祐太郎想起上一個案子。

委託人名叫小宮山貴史，二十四歲，男性。他設定為自己的筆電五天無人操作，就會傳訊到土撥鼠。

土撥鼠收到訊號後，就能夠從土撥鼠遙控該裝置。確定委託人死亡後，圭司便會透過土撥鼠，遙控刪除委託人裝置裡的資料。進行死亡確認時，大部分只要假冒合適的身分，打電話詢問即可，但小宮山貴史在簽約時登記的手機完全無人接聽，光是收到訊號，無法判斷他是真的死亡，或只是因為某些緣故，長達五天無法使用筆電。圭司利用土撥鼠進入小宮山貴史的筆電，查出他的住址，並發現他透過網路，在社群網站有幾名朋友。圭司命令祐太郎冒充那些朋友之一，前往拜訪小宮山貴史的家。出來應門的是小宮山貴史的大嫂。祐太郎這才瞭解了小宮山貴史人生的概況。

小宮山貴史自幼便罹患惡疾，但是在積極正向的父母與大他六歲、個性闊達的哥哥支持下，儘管過著拘束的生活，仍成長為一名不失幽默的陽光青年。後來哥哥結婚，大嫂也付出與家人同等的關愛，看護身體幾乎已無法自由行動的小宮山貴史。然而儘管家人全心照顧，小宮山貴史仍在四天前撒手人寰，昨天舉行了葬禮。

『我一直以為貴史的世界就只有這狹小的房間和我們家人，不過……這樣啊，原來他在網路上交了朋友啊。』

大嫂帶祐太郎到小宮山貴史生前的房間，如此說道，紅了眼眶。她散發出溫柔婉約的氣質。祐太郎對自己假冒身分感到羞愧極了，笨拙地致哀之後，匆匆告辭。

「那，委託人確定死亡了吧？」

聽完祐太郎在辦公桌前的報告，圭司確認地問。

「沒錯，我都上香了。」祐太郎點點頭。

圭司把手伸向土撥鼠，祐太郎反射性地按住他的手：

「等一下，你要刪掉那資料？」

「當然了。委託人要求刪除這個資料夾。」

祐太郎按著圭司的手，繞過辦公桌，探頭看土撥鼠的螢幕。圭司準備要刪除的，似乎是命名為「Dear」的資料夾。他想像不出裡面會是什麼。

「如果刪掉，就無法復原了嗎？」

「對。理論上也不是無法復原，但憑人類目前的科技技術，幾乎不可能做到。」

「那，要不要看看資料夾裡面是什麼？既然都要刪除，刪除之前讓我看一下好嗎？」

「不行。我不會看，也不會給你看。」

圭司稍微抬手。祐太郎放開了他的手，卻又立刻抓住：

「不不不，等一下，我覺得這東西好像很重要。貴史從小就生病，身體不太能活動，最近甚至幾乎無法下床。可是他都很為家人著想，總是講些笑話逗樂大家，是個個性很好、很有趣的傢伙。這是貴史留下來的東西，我覺得一定不是什麼色情影片，而是更重要的東西。我們看一下裡面，如果覺得沒問題，就交給貴史的家人怎麼樣？他的大嫂一定也會很開心。」

圭司想了一下，冷哼一聲，手又抬了起來。祐太郎放開圭司的手，以為他要查看資料夾內容，沒想到圭司毫不猶豫地把資料夾給刪除了。

「啊！」祐太郎驚叫。

「這是我們的工作。委託人付了錢，我們也收了錢。」

小宮山貴史希望刪除這些東西。即使明白，心裡還是無法接受。資料消失的那一瞬間，感覺好像連小宮山貴史也從這個世界消失無蹤了。

祐太郎這麼說，圭司一臉奇異地回視他：

「什麼消失，委託人早就死了。」

不是這樣的。無法好好地表達出想法，令祐太郎焦急不已，圭司就像告誡小孩子似地一字一句說道：

「我不知道那些資料是什麼。但是委託人就是相信自己死後，這些資料會被刪除，才能將這些資料留到最後。我不能辜負委託人的信賴。」

聽到這話，祐太郎無從反駁。但當時無法釋然的感覺，如今依舊無法消化，沉澱在祐太郎的心底。

「你要失望了，很年輕。」

一直默默操作土撥鼠的圭司總算抬頭，把螢幕轉向祐太郎。是網站的委託畫面。

「委託人叫新村拓海，二十八歲。」

案件大部分都是透過「dele.LIFE」的官網直接委託，新村拓海也是上個月從網站申請的。畫面上顯示姓名、出生年月日、連絡電子信箱和手機號碼。付款方式僅有信用卡一種，因此難以假冒姓名。

「他指定當電腦和智慧型手機兩邊都超過四十八小時沒有操作時，就刪除某個資料夾。」

信用卡扣款完畢，契約成立後，委託人便會從網站下載圭司製作的應用程式至指定電腦及智慧型手機等裝置，並且啟動。應用程式會常駐在這些裝置裡，與「dele.LIFE」的伺服器保持通訊。裝置無人操作超過委託人設定的時間時，伺服器便會做出反應，喚醒土撥鼠。

「電腦的資料可以刪除，但智慧型手機沒有開機，所以無法刪除。大概是沒電了。」

「嗯？沒電就不能刪除嗎？不能用這台電腦像平常那樣按幾個鍵操作嗎？」

剛進事務所時，祐太郎也盡量對所長使用敬語，但一不小心就會變回平常的說話語氣。他本來以為會受責備，卻從來沒有。現在也是，圭司對祐太郎的說話口氣似乎完全不以為意。

「不行。沒有開機的數位裝置，只是個物體。」

好奇怪的說法。那有開機的數位裝置是什麼？雖然想問問看，但祐太郎打消了念頭。感覺會發展成自己聽不懂的內容。

「那要怎麼辦？」祐太郎問。

「找到手機充電，然後開機。」

「找到手機……啊，我去嗎？」

圭司用反問「其他還有誰？」的眼神仰望祐太郎。

「說的也是。」祐太郎笑道，然後問：「啊，可是這個人真的死掉了嗎？」

土撥鼠醒來，接下來圭司首先會做的，是確定委託人已經死亡。因為委託人有可能因為某些意外事故，超過自己設定的時間無法操作指定裝置。委託人真的過世了嗎？圭司第一個要確定的就是這件事。

「應該是死了。」

圭司伸手操作觸控板。瀏覽器啟動，出現新聞頁面。報導中說，昨天凌晨時分，荒川區的河岸發現一具以毯子包裹的男性屍體。屍體身分經查明為新村拓海，二十八歲，居住在板橋區，無業。身上有兩處刺傷，警方朝殺人棄屍案展開調查。

讀完簡短的報導，祐太郎將視線移回圭司：

「這是委託人嗎？那手機是在警方手上嗎？」

「警方沒有扣押手機。應該不在遺體附近。」

「你怎麼知道？」

「如果留在遺體身上，警方為了辦案，應該會查看裡面的資料。遺體是在昨天凌晨發現的，距離現在還不到四十八小時。如果遺體被發現後，手機有人操作過，土撥鼠就不會收到訊號。」

「啊，原來如此。」

「時機這麼巧，應該不可能是同名同姓的不同人，不過為了慎重起見，你去確定一下是否真的是委託人吧。確定之後，找到手機開機。只要開機一下，立刻就可以從這裡刪除。」

「咦？要刪除嗎？可是這是──喏，警方在查案耶，不用協助嗎？這應該是殺人命案吧？」

「我們以委託人的要求為第一優先。」

「不會有點糟糕嗎？這樣不算是滅證還是這類犯罪嗎？我可不能被警察抓走。」

「為什麼？」

「什麼為什麼……我家裡有貓啊。我沒回去的話，小玉先生會餓死的。」

「小玉先生？」

「玉三郎先生。牠最近腳跟眼睛有點不太好。」

圭司直盯著祐太郎，就像在忖度他說的意思，接著放棄努力似地嘆了口氣：

「就算我們協助警方，委託人也無從抗議，所以我們要為委託人行動。如果警方對此有意見，我們洗耳恭聽就是了。」

「警方只會有意見喔？不會抓人嗎？」

「放心，咱們有還過得去的律師。」

圭司說，指指天花板。這棟大樓的樓上有家律師事務所，「dele.LIFE」與那家律師事務所間有業務合作，也明確地公布在兩家公司的官網上，這也成了「dele.LIFE」的信用擔保。那家律師事務所「坂上法律事務所」的所長，是圭司的姊姊坂上舞。

「啊，律師啊。還過得去的。這樣喔。」

公司位在光鮮亮麗的大樓裡，而且和律師事務所合作。但體面的公司，執行的不一定就是體面的業務。再說，如果是如假包換的正派工作，根本不會雇用自己這種人。想到這裡，祐太郎放棄爭辯。

「那，委託人住哪？」

「筆電有網購紀錄。是這個吧。」

圭司在土撥鼠的螢幕叫出板橋區開頭的住址。

「也有社群網站的帳戶，我把照片傳到你的手機去。我會再查一下委託人的電腦，如果有派得上用場的資料再傳給你。你盡快找到委託人的手機吧。」

圭司趕人似地揮揮手，改變輪椅的方向，轉向土撥鼠之外三台並排的螢幕。從那熟練的動作來看，他已經坐輪椅很久了，但正確的時間是多久、原因是什麼，祐太郎一無所知。不過他明白這就是他會被雇用的理由。

『你要替我做我不做的事。』

上班第一天，圭司這麼對祐太郎說。祐太郎問那是什麼事，圭司答道：

『跑腿。』

圭司一臉訝異地看著杵在辦公桌前的祐太郎：

「怎麼了？」

「啊，我走了。嗯，我去去就回。」

祐太郎挪動雙腿，離開事務所。

新村拓海的住處，是距離地下鐵車站步行約十五分鐘的住宅區公寓。因為是命案死者的家，祐太郎猜想或許會有記者或警察，結果完全沒有。如果是名人或孩童也就罷了，二十幾歲的無業青年遭人刺殺，用毯子包裹棄屍在河邊，光是這樣，似乎無法引起世人的關注。

祐太郎在公寓前查看了一下手機，圭司傳來了新村拓海的新資料。從最近的電子郵件備份裡，查出新村拓海應徵了幾家公司的徵才，並向其中一家送出簡單的履歷。履歷上說他是茨城人，從當地高中畢業，本來在中古車行工作，但二十一歲來到東京，在幾家餐飲店來來去去，兩年前辭掉最後一個職場。他還在餐廳工作的四年前，曾經玩過社群網站，但申請帳號後只更新了兩次，就丟著不管，因此難以從那裡得知他的近況。

祐太郎重新端詳照片。是遺留在社群網站上、二十四歲的新村拓海。一頭短髮染成褐色，耳朵上戴著銀色的大耳環，擺出炫耀右手腕刺青的姿勢。

從照片和履歷來看，應該是個甚至無法在一個地方穩定下來的懶散小混混，但祐太郎並不這麼想。

新村拓海投出職歷停留在兩年前的履歷，這個事實顯示出他已經豁出去了，還是太天真了？不管怎麼樣，新村拓海想要好好地找份工作。他來到東京已經七年了，卻無法紮根，一直在掙扎吧。往後他也有可能遇到好人、碰到好事，過著普通的人生。然而還沒等到時來運轉，他就遭人刺殺了。雖然不知道新村拓海沒有工作的這兩年都在做些什麼，但祐太郎猜得出他在什麼樣的環境。在潔白的社會裡，運氣好和不好的人，區別並不明顯；然而愈是灰暗的社會，兩者的不同愈是涇渭分明。新村拓海就是處在這樣的灰暗社會裡，而他又是個運氣不好的人。

祐太郎收起手機，拜訪公寓一樓的新村拓海住處。他猜想八成沒人，一邊按鈴，一邊查看鑰匙孔的形狀，然而意外地屋內有人應答。開門的是個年紀與祐太郎相仿的女人。

「啊，這裡是新村拓海的住處嗎？」

「是啊。」

對方只應了這麼一句，從開了一條縫的門內觀察了祐太郎一陣子。看起來才剛睡醒。

「你是誰？記者什麼的嗎？」

瞬間祐太郎想要順水推舟冒充記者，但立刻轉念，覺得不管是報社還是雜誌社，都不可能有這種德行的記者。T恤、牛仔褲、運動鞋，外面套的是舊夾克。

「啊，我是拓海學長的學弟，我叫真柴祐太郎，拓海學長沒有跟妳提過我嗎？」

自稱學長會引起戒心，自稱朋友又太強勢、假惺惺。祐太郎自以為冒充了一個最安全的身分，但對方沒有畫的淡眉皺了起來：

「學弟？什麼學弟？工作上的嗎？」

「工作？不是，是國中學弟。在茨城的。最近我們碰巧在這邊遇到，交換了一下連絡方式。」

對方眉心的皺紋消失了。

「你等一下。」

她先把門關上，很快地趿上拖鞋，開門出來。她把門關上，站在門前，豐滿的胸部把寬鬆的線衫頂得老高。祐太郎拉住快要飄向乳溝的視線，行禮說「妳好」，掩飾過去。「你好。」她回道，自稱高木由美，是新村拓海的女友，兩人同居。

「拓海學長國中的時候超照顧我的。我那時候很囂張，被一些學長盯上，都是拓海學長罩我的。」

「小拓會罩別人？真的假的？」

她的臉笑了開來。一笑垂眼就變得更明顯，非常討喜。

「啊，拓海學長平常有點那個，看太不出來。」

二十多歲來到東京的年輕人，大部分都是在當地混不出名堂的傢伙，國中時代也不太可能有什麼引人注目的活躍。祐太郎含糊其詞，免得露出馬腳，觀察她的反應。

「唔，是啊，他沒什麼膽，做事又不得要領。」

不出所料，高木由美這麼說道，露出苦笑般的笑容。

「感覺總是在瞎忙。」

沒膽量、不得要領、瞎忙，在東京的老公寓有志難伸的年輕人。最近會想要找正當工作，是為了一起同居的女友嗎？

「不過學長人很好。」祐太郎說。

「是啊。」她百感交集地點點頭。「就是啊。」

淚水滲出她的眼眶，祐太郎差點就要跟著感傷起來，想起自己來這裡的目的。

「我在網路上看到拓海學長被殺的新聞，嚇了一跳。那真的是……」

「嗯，我也很吃驚。其實我現在還是一片混亂，不敢相信小拓真的死了……」

「天哪，」祐太郎垂下頭來。「果然真的是拓海學長。我打了好幾通電話想要確定，可是都沒人接。他跟我說過他住這，所以我才直接跑來看看。這樣啊，那真的是拓海學長啊。手機都沒人接，我就有不好的預感了。我打了好幾通電話說。」

「噢，電話。咦？這麼說來，他的手機呢？警察拿走了嗎？」

祐太郎不覺得自己演得有多好，但對方毫不懷疑，順著說：

「沒有放在家嗎？」

「不在這裡，警察也沒給我。還是會跟遺體一起還回來？」

「拓海學長確實帶手機出門了嗎？」

「嗯，他都隨身帶著手機，說工作需要。」

「呃，工作？拓海學長有在工作嗎？我是沒聽說……」

報導中說新村拓海是無業。正當高木由美要回答的時候，房間裡傳來尖銳的聲音。

祐太郎本以為是貓叫，但立刻就聽出是嬰兒的哭聲。高木由美急忙打開背後的門。祐太郎在門關上之前用手按住，探頭看室內。廚房兼餐廳再過去有一道紙門，她就消失在裡面。

「原來妳們有小孩啊？」

祐太郎從脫鞋處朝紙門內說，但沒有回應。嬰兒的哭聲更大了。正當祐太郎被那活力十足的高亢哭聲引得微笑時，牆壁「咚咚」地響了起來。高木由美大喊：「對不起！」嬰兒哭得更凶了。敲牆聲又響起，這次敲個沒完。是隔壁住戶在抗議。

「我去說幾句。」

祐太郎對那無言的騷擾氣憤地說。

「沒關係，別去。」

敲牆聲持續了一陣之後停了。紙門裡傳來高木由美耐性十足地哄嬰兒的聲音。不久後，嬰兒的哭聲也歇止了，她折回玄關。嬰兒在母親的懷裡吸吮著指頭沉睡著。

「這裡本來是小拓租來一個人住的。我跟小拓也在討論要快點搬出去，可是因為錢的問題……」

嬰兒「啾啾」吸著手指。

「好可愛喔。」

祐太郎用手指戳了戳嬰兒圓潤的臉頰。嬰兒睜眼，但很快又閉上眼皮，繼續吸吮。

祐太郎實在按捺不住，開口：

「我可以嗎？」

「咦？」

「讓我抱一下好嗎？一下下就好。」

「啊，嗯，好啊。」

祐太郎接過嬰兒。嬰兒又睜開眼睛，有些厭煩地看祐太郎，但祐太郎對他微笑，他便露出無奈的表情，再次入睡了。祐太郎好不容易克制住想要拿臉去磨蹭的衝動，充分享受那柔軟的體溫後，把嬰兒還給母親。

「小拓沒跟你提起這孩子的事嗎？」

她溫柔地搖晃接過來的嬰兒說。

「咦？噢，沒有耶。」

祐太郎急了起來，怕高木由美懷疑起自己不是真的學弟，但她並沒有警戒的樣子，只是露出有些落寞的神情。

「這樣啊。因為這孩子不是小拓的，是我跟前一個男友的。」

「呃，啊，是這樣啊。」

「同居的女人，居然還帶著跟其他男人生的小孩，這實在太遜了，小拓也不想跟學弟說吧。我們搬進這裡已經大概半年了，可是小拓從來沒有抱過他，就算這孩子哭了，也不肯哄他，總是生氣地叫我。」

祐太郎不知道該說什麼好，只能重複「這樣啊」。

「呃，那拓海學長在做什麼工作？」

「我也不清楚。他好像在什麼集團工作，公司常連絡。就算有電話打來，他也不讓我聽見。我想應該不是什麼正經工作，所以警察問我，我也都說不知道。住在一起，卻連男友的工作都答不出來，這算什麼女友，對吧？」

「呃，我也是這副德行，所以有時候也會做些見不得人的工作。這種時候，我都不會告訴我重視的人，因為只會害他們擔心。」

她抬頭，露出軟綿綿的笑：

「謝謝你，你人真好。」

「沒有啦……」

「這陣子公司都沒有連絡，小拓也開始好好在找工作，我也放下心來了。所以我實在無法相信他居然被人殺了。」

「這樣啊。說的也是呢。」

祐太郎看見餐桌角落擺著筆電。應該是委託人新村拓海的筆電。雖然不知道另一樣委託品在哪裡，但起碼確定不在這裡。

為了慎重起見，祐太郎把自己的連絡方式告訴高木由美，離開了公寓。

祐太郎剛踏進事務所，一顆籃球便冷不防迎面掉下來。他撿起反彈的球，投向圭司。圭司接住，朝著門上的牆壁投籃似地扔出去。球擊中畫在牆上的圓，掉落下來。圭司轉動輪椅車輪上的手推輪圈前進，接住球後往前輕拋，接著強而有力地再次轉動輪圈。輪椅快速前進。他接住反彈了一下的籃球，迅速回身投籃。籃球再次擊中牆上畫的圓，掉落下來。

圭司習慣一邊運動一邊想事情。事務所裡有籃球，還有棒球手套和網球拍。不只是空揮球拍而已，有時也會對牆擊球練習。雖然也有足球，但祐太郎沒看過這顆球如何被運用。

圭司的輪椅和祐太郎看過的一般輪椅不一樣，膝下的高度有根棒子，像保險桿一樣擋在前方。應該是為了撞到東西時保護之用，但祐太郎從來沒在其他輪椅上看過這種東西。而且這輪椅非常粗獷結實，看起來比一般輪椅更沉重。而圭司駕輕就熟地操作著這樣一把輪椅，默默地投籃。即使隔著一層衣物，也能想像那魁梧的上半身肌肉隆起蠕動的模樣。祐太郎看了半晌，屁股靠坐在圭司的辦公桌上，開始報告。

「發現的屍體確實是委託人拓海學長沒錯。要找的手機被拓海學長本人帶走了。如果不在警方那裡，應該是被殺害拓海學長的凶手拿走了。」

又擲出一球的圭司回頭：

「拓海學長？」

「我學長。國中的時候在故鄉很關照我。」

「這種設定啊？」圭司哼笑一聲，又拿起籃球。「凶手為什麼要拿走手機？」

「應該不是要拿去二手店變賣，而是想看裡面的資料吧？拓海想要刪掉的檔案。」

圭司拍著球，想了一下。

「殺了人以後立刻看了檔案，此後沒有再動過手機。是有這個可能性，可是會嗎？如果手機在身邊，應該會拿來把玩。只要有人操作，土撥鼠就不會接到訊號。還是看過檔案之後，立刻把手機處理掉了？」

圭司喃喃道，微微歪頭：

「或者是本人把手機藏起來了。」

「本人藏起來？」

「才二十八歲的新村拓海怎麼會委託我們？如果不是罹患重病，就是他察覺到自己有生命危險。事實上，他委託不到一個月就遭人殺害了。新村拓海為了即使遭到攻擊，資料也不會被竊，自己把手機藏起來了。」

有這個可能——圭司喃喃道，繼續拍球，然後把球拋向祐太郎。

「不管怎麼樣，既然確定死亡，就先把電腦裡面的資料刪了吧。」

「要刪掉嗎？」

「我們接到的委託就是刪除資料啊。」

圭司繞到辦公桌另一頭，把土撥鼠拉過去。祐太郎急忙拋開籃球，用右手按住圭司正要打開的螢幕蓋。

「呃，先等一下。嗯，這次真的先等一下。」

圭司不悅地看祐太郎。

「拓海是被殺的，這跟病死不一樣吧？男友突然遭人殺害，他的同居女友非常不知所措。可以讓我看一下拓海想要刪掉的資料嗎？或許可以知道他為什麼會被殺。」

「命案偵辦交給警方就行了，我們的工作是刪除資料。」

圭司推開祐太郎的右手，想要打開土撥鼠的螢幕。

「既然這樣，」祐太郎又按住螢幕蓋。「這也是為了工作啊。或許要刪除的資料裡面有線索，可以找到失蹤的手機。」

「你只是自己想看資料而已吧？」

「這我不否認啦。」

右手又被撥開，這回祐太郎用左手按住。

「喏，因為你想想看，還有其他線索嗎？刪除這些資料，下一步要怎麼辦？要怎麼找到手機？」

圭司仰望祐太郎。祐太郎沒意義地衝著他笑。圭司冷冷地看著那張笑容，思忖片刻，最後輕點了兩下頭：

「唔，這樣下去確實不會有進展。沒辦法。」

祐太郎放開手，圭司打開土撥鼠的螢幕。祐太郎繞到辦公桌對面，探頭看畫面。這是他第一次看到委託刪除的資料。

資料夾的名稱就叫「新資料夾」。看來新增的時候，新村拓海沒有重新命名。祐太郎想像內容會是什麼。是新村拓海隸屬的集團殺人現場的影片？討論下一樁犯罪計畫的錄音檔？偶然得知的贓款存放地點？

圭司在祐太郎的注視下打開資料夾。

「嗯？嗄？這什麼啊？」祐太郎忍不住怪叫。

祐太郎猜想就算沒有想像中的勁爆，起碼也該會是更刺激一點的東西。畢竟再怎麼說，都有個人因此遇害了。

「就像你看到的，是通訊資料。」圭司說。

裡面是四頁拍攝下來的紙本文件圖片檔。文件上排列著姓名、住址以及電話號碼。這四頁應該有兩、三百人份的資料。除了住址都在東京都內以外，看不出任何關聯性。姓名有男有女，住址有些是透天厝，有些看似集合住宅。

「雖然不知道這是啥，不過拓海因為這種東西被殺了喔？」

「還不一定就是……」

半吊子打住的話沒有再接下去。圭司轉動輪圈，改變輪椅方向，轉向土撥鼠以外的電腦螢幕。

他好像開始查東西了。祐太郎等了一下，但圭司一直沒有抬頭。看到他專心一意操作電腦的樣子，祐太郎決定離開事務所，免得打擾他。

「我去超商買個零嘴，你要什麼嗎？」

圭司沒應聲。祐太郎悄悄離開事務所。開門後沿著走廊正面走去，就是電梯。途中左右都有門，右邊拉門的房間是圭司的住處。不過祐太郎也只是被如此告知，並沒有進去過。左邊是圭司的姊姊擔任所長的「坂上法律事務所」的倉庫，這裡他也沒有進去過。

搭電梯到一樓時，遇上了圭司的姊姊舞。她帶著兩名貌似職員的西裝男子，好像剛從外頭回來。

「噢，新人，出門工作啊？」

即使是對一眼就能看出居住世界完全不同的祐太郎，舞也毫不遲疑地出聲攀談。她的眼睛高度和將近一八〇公分的祐太郎幾乎一樣。即使扣掉高跟鞋的高度，應該也有一七〇公分高。與那張小臉格格不入的闊嘴特色十足。

「沒有，去一下對面超商。」

祐太郎說，結果舞子張開那張闊嘴「啊哈哈」地笑。

「別摸魚啊，新人，認真工作！」

「是！」

祐太郎敬禮似地舉手，舞朝他揮了揮手，帶著兩名職員進入電梯。祐太郎漫不經心地看著升往樓上的電梯樓層顯示。

「還過得去的律師」，這是圭司對姊姊的評價。

舞擔任所長的「坂上法律事務所」，原本似乎是一家企業法務精銳律師齊聚的事務所，相當有名。兩人的父親幾年前過世後，把這棟大樓和事務所留給了舞，但那些老江湖的精銳律師不可能只因為舞是前所長的女兒，就默默追隨她。父親死後沒有多久，幾乎所有的律師都跳槽了。因此舞進行了一場大膽的事業改革——把顧客從企業轉換為個人。她將事務所改頭換面，鎖定富裕階級，成為包山包海的一站式法律事務所。舞的說法是，「從被誣告色狼到遺產繼承，無所不包」。目前事務所共有七名律師和二十名以上的職員，知名度與業績都順利成長。雖然一方面應該也是像這樣專門服務個人的法律事務所難得一見，但如果舞本身不是個傑出的法律人及企業家，不可能如此一帆風順。

還可以的律師，圭司的話就是這個意思。

「不過，」圭司那時又加了一句。「她是個變態。」

這話害得祐太郎每次碰到舞，心臟便怦怦亂跳不停。這個身材像模特兒、個性十足又姿色非凡、三十五歲的傑出律師，到底是個怎樣的變態？

祐太郎漫不經心地看著樓層顯示的時候，電梯抵達了四樓。舞的事務所占了二樓到四樓。那裡今天也有許多人正在努力工作吧。祐太郎望向腳下。地上與地下。姊姊與弟弟。專門服務有錢人的法律事務所，與數位形式的祕密基地。變態與乖僻。

祐太郎去超商買了巧克力，一回到事務所，圭司便嚴厲地斥責道：

「你跑去哪裡了？」

「啊，去超商。咦？我有跟你說啊？我買了巧克力，你要吃嗎？」

圭司受不了他似地甩甩手，把其中一個螢幕轉向祐太郎。

「新村拓海委託刪除的通訊錄，我一個個搜尋罕見的姓名，結果找到這個。」

是某個非營利組織主辦的演講會記錄，內容是「避免遭到詐騙的自保之道」。是以老人家為對象，宣傳如何避免遭到匯款詐騙、未上市股票投資詐騙等犯罪。通訊錄上的「作田良治郎」擔任來賓，分享自己遭到詐騙的經驗。

「還有這個。」

是老人自殺的新聞。報導中說，被發現死亡的「柘植丈人」這兩年來多次遭到詐騙，幾乎傾家蕩產，應該是因此而走上絕路。

「意思是，這份通訊錄是詐騙被害人的名單？」

「這兩個人是碰巧名字公開，不過一般詐騙被害人的名字不會被報導出來。既然有兩個名字罕見的人都是詐騙被害人，這應該是詐騙被害人名單不會錯。」

祐太郎忍不住皺眉：

「肥羊名單啊？我聽說過。」

曾經被詐騙過的人，因為已經有了戒心，不會再上當第二次——一般人都會這麼想，但事實似乎並非如此。曾經被詐騙過的人，會一而再、再而三地上當——因為他們就是會上當。據說這種蒐集對詐騙集團而言的理想客戶的名單，會不斷地更新，在地下交易買賣。

「原來拓海在做詐騙嗎？」

「他打算利用我們來湮滅證據吧。四十八小時是——啊，是移送檢察的期限啊。」

「移送檢察？」

「警方必須在逮捕嫌犯的四十八小時內把人移送給檢察官訊問，否則必須把人釋放。新村拓海是打算萬一遭到逮捕、移送檢察，就抹消決定性證據的詐騙被害人名單。」

「可是如果不能確定委託人死亡，就不會把資料刪除吧？」

祐太郎說，圭司別開目光：

「對。可是很多委託人沒有確實理解這一點。」

語氣有些含糊。

「是嗎？咦？什麼意思？」

「許多委託人以為從我們網站下載的應用程式，指定時間一到就會自行啟動，自動刪除指定資料。實際上那個應用程式的功能，是超過指定時間以後，就可以讓這裡遙控操作指定的裝置。因為要刪除的是委託人重視的資料，我們也得慎重其事。所以才會在百分之百確定委託人死亡後，以手動方式刪除。應用程式的功能，只要好好閱讀合約內容，上面都有寫，而且合約上也明載是在委託人死亡的時候刪除資料，所以並不算違反合約。」

不悅的語氣聽起來像辯解。仔細想想，那是委託人希望死後刪除的資料，站在委託人的立場，應該不願意被任何人看到。考慮到這一點，官網上也許宣傳得就像是應用程式會自動執行刪除指令一樣。圭司幾乎都不看內容就直接刪除，因此和自動刪除沒什麼兩樣，不過如果不像這樣模糊一下說法，委託案件一定會大幅減少。

雖然想再吐嘈一下，但祐太郎覺得隨便刺激雇主不太好，打消念頭。

「那結果是怎樣？」祐太郎拉回話題。

圭司拿起辦公桌上的棒球，往地上一彈，用手接住。他重複這個動作說：

「身為詐騙集團末端成員之一的新村拓海，某天發現了集團使用的名單。肥羊名單。對新村拓海來說，這就像是一棵搖錢樹。新村拓海用手機拍下了這份名單。也許他是打算脫離集團，自己賺一筆。然而這件事曝光了。集團殺掉新村拓海，處理掉手機，但沒有發現新村拓海把名單也複製到電腦裡面。」

「唔……」祐太郎低吟。「這樣是可以解釋，可是感覺不太像拓海會做的事耶。背叛集團，自己一個人撈錢，這對拓海不會太困難了嗎？」

「你對委託人又有多瞭解了？」

「就連他女友都說他沒膽量、做事不得要領了。」

「男女朋友不一定就對另一半有正確的理解。而且記憶會扭曲，但紀錄不會。新村拓海的電腦裡面有這份名單，這是事實。新村拓海不是想要錢嗎？」

祐太郎再低吟了一聲，交抱雙臂，卻找不出圭司說法中的破綻。

「那麼，殺死拓海的，就是名單被偷拍的詐騙集團囉？」

「嗯，會是這樣呢。你去找出新村拓海隸屬的詐騙集團，確定手機怎麼樣了。」

「呃……嗯？」

祐太郎正要反問的時候，辦公桌角落的印表機動了起來。看看吐出來的四張紙，是列印出來的名單。圭司從土撥鼠的螢幕抬起頭來：

「電腦上的資料我刪掉了。如果手機裡的資料確實處理掉就好，但萬一被隨便扔進河裡就麻煩了。必須找到手機確認，刪除資料才行。遺體是在河邊發現的，所以有可能被丟進河裡。你會潛水嗎？」

「呃，潛水？欸，我們現在是在講資料的事嗎？不是命案的事？我們不是在追查凶手嗎？」

「我們的工作是刪除委託的資料。命案警方會解決。」

「可是……」

「或許現在警方也正在尋找命案證物的手機。萬一被警方搶先找到會怎麼樣？如果是在開機狀態也就罷了，萬一沒電，警方應該會試圖直接從硬碟裡面抽出資料。這樣一來，就不可能刪除資料了。所以我們必須比警方早一步拿到手機才行。」

「還有必要刪除資料嗎？拓海是把它當作被逮捕時的保險吧？那樣的話，已經沒必要了吧？」

「案子一旦接下，就要有始有終。我們不應該考慮委託人本來是什麼打算。因為我們只有在委託人死去的時候，才會展開行動。」

「就算你這麼說，詐騙集團要怎麼找啊？而且還要搶先警方。」

「你沒有可能會知道的那類朋友嗎？」

「哪類朋友啊？怎麼可能有嘛？」

「感覺你會有那種朋友。你真是外強中乾。」

「你對我到底有什麼奇怪的期待啦？」

回答之後，祐太郎想起了那個盒子。感覺應該會有幾個與詐騙集團有關的工作。不過期待它們剛好與新村拓海的集團有關，未免太天真。

「唔，我會在知道的範圍內打聽看看，你可別太期待。」

「看，不就有嗎？」

祐太郎正想反駁，圭司輕輕揮手：

「去打聽看看吧。我期待成果。」

祐太郎已經沒力氣埋怨了。肚子咕嚕嚕叫了起來，看看時鐘，就快七點了。

「連絡方式在家裡，今天我先回去了。」

「嗯。替我向小三問好。」

祐太郎納悶這是在說什麼，走出事務所，在電梯前想到了。

「是小玉先生啦！」

祐太郎回到位於根津的自家。雖然是一棟老舊的木造房屋，不過比起周圍從東京大空襲劫後餘生到現在的人家，算是新穎的。祐太郎打開玄關拉門，抱起迫不及待湊上來的小玉先生，往裡面走去。鋪榻榻米的起居室維持著和祖母一起生活時的樣子。他小心翼翼地把小玉先生放到榻榻米上，進入廚房。對於下廚，他談不上喜歡，也不算討厭。不過祖母在世的時候，每天都會叫他下廚。

「只要吃好睡好，人沒那麼容易就死掉。這棟屋子會留給你，所以你不愁沒地方睡，接下來只剩下吃的，這你得自己想辦法。」

這是祖母的口頭禪。真不曉得真的是為了孫子著想，或只是想要自己圖個輕鬆。總之，祐太郎早晚都得下廚做飯，因此不管任何日子，他都會在傍晚六點回到家。直到現在，祐太郎才覺得多虧有這個限制，自己的路才沒有走偏太多。

「我奶奶在家等我，我不回家，奶奶會餓死的。」

對於說這種話，一到傍晚就拍拍屁股趕回家的人，沒有人會拉他入夥去做什麼滔天惡事。既無法信任，也不可靠。至今為止，祐太郎好幾次不期然地靠近黑暗世界，卻沒有陷入其中。黑色與灰色之間，有一道難以看清的致命界線。祐太郎感謝多虧了祖母，他才沒有跨過那一線。

祖母留下她的摯友小玉先生過世，已經一年多了。現在祐太郎把每天餵小玉先生吃飯當成自己的使命。為了預防哪天無法回家，他把家裡的鑰匙託給兒時好友，但實際上一次也沒有拜託過朋友餵小玉先生。相反地，每個月一到兩次，這個朋友會趁著祐太郎不在時闖進家裡等著吃頓白食。不過這陣子都沒看見朋友上門。

祐太郎俐落地準備好自己的飯菜，擺到矮桌上，然後幫小玉先生在牠的碗裡倒進飼料。祖母總是餵小玉先生吃人剩下的食物，因此牠看到貓飼料，總是一臉不滿。

「你換吃貓飼料以後，就沒再拉肚子了不是嗎？毛色也變漂亮了，附近的貓都誇你變帥了呢。」

祐太郎用手撈起碗裡的飼料，拿到小玉先生嘴邊，牠無奈地咬了一口，卡啦卡啦嚼碎。

「瞧你，吃得這麼不樂意。這很貴耶。」

祐太郎見小玉先生自己從碗裡吃起飯來，從櫃子搬下「工作候補盒」。他一邊吃飯，一邊檢查裡頭的便條和名片。

「要說可疑，每一個都很可疑，可是要在其中挑一個喔……」

他繼續吃飯，這時手機響了。看看畫面，是未顯示來電。祐太郎拿起手機：

「喂？」

他應話之後，「滋滋」啜飲了一口味噌湯。

『你是真柴祐太郎？』

陌生的聲音。祐太郎嚥下味噌湯，反問：「所以呢？」

『你是什麼人？真的是新村的國中學弟？』

「咦？嗄？」

『王八蛋，少給我裝傻。我聽新村的女人說了。既然你是他國中學弟，你們讀的學校叫什麼？』

祐太郎想起自己把連絡方式告訴了新村拓海的女友。這傢伙是怎麼從她那裡問出這個號碼的？祐太郎一想像，忍不住勃然大怒：

「你沒把小嬰兒弄哭吧？」

『啥？我幹嘛弄哭嬰兒？』

「你是怎麼問到這個號碼的？」

『我聽說新村死了，過去他家，他女人就告訴我了。說新村的國中學弟才剛來過，現在連高中學長都來了，小拓果然是個好人，還感動得哭了哩。那個女的真的有夠無腦。』

「你是拓海學長集團裡的人嗎？」

『集團？』男子笑了。『不錯喔，聽起來像好兄弟。』

「是你們殺死拓海學長的吧？」

『白痴、白痴，你真的是個大智障，凶手會去被害人家送白包嗎？』

「白包？」

『新村是個傻包，不過不是個壞傢伙。』

「就算他偷了集團的名單也一樣嗎？拓海學長偷拍了你們的肥羊名單對吧？我都知道了。」

『偷拍？』

男子沉默了半晌。也許是聽見聲音當中的緊張，小玉先生爬到祐太郎的膝上來，就像要安撫他。

「你不知道？」

『唔，那也不會怎樣。那些都是已經用完的東西了，你要就拿去吧，不過真的很舊囉。你用多少錢跟新村買的？啊，所以你才跑去找他興師問罪嗎？啊啊？』

男子的口氣頓時變了。

『王八蛋，所以你才殺了新村嗎？』

聲音迫力十足。就連曾在各種場合遭人恫嚇的祐太郎，也沒自信被當面這麼暴吼而能夠立刻反駁。

「怎麼可能？拓海學長不是你們殺的嗎？」

一段像在思考的空白後，男子的聲音恢復原樣：

『我們才不會殺他。工作早就結束了。他人是不壞，但也沒什麼用，我們不打算再找他合作。』

「這份名單你們不要了？」

『是不要了，不過你最好別拿去用。如果你用了它，被條子抓了，有可能連我們的被害人都被順藤摸瓜地挖出來。欸，咱們碰個面如何？如果你想用名單賺錢，或許咱們可以合作。』

「好，在哪碰面？」

『我會再連絡。』

祐太郎還來不及挽留，電話就掛斷了。

隔天祐太郎再次前往新村拓海的公寓。他詢問新村的女友，她說昨天祐太郎離開後，一名自稱高中學長的人就帶著奠儀來訪。據她說，男子並沒有在找什麼，似乎只是來確定新村拓海遇害，有沒有發生什麼對他們不利的狀況。會打電話給祐太郎，應該也是出於同樣的理由。

「那麼，殺死新村拓海的不是那個集團？」

祐太郎在事務所報告電話的事，圭司埋怨「為什麼不立刻通知我」，然後向祐太郎確認。

「我覺得不是，感覺他們反倒還滿照顧拓海的。」

祐太郎想起男子不變的嗓音，這麼補充。

「不過那個人感覺會對叛徒做出可怕的制裁。但是他好像不知道拓海偷拍名單的事。」

「那人是誰殺的？手機誰拿走了？」

「我哪知？」祐太郎應道，但圭司似乎不期待回答。祐太郎才剛歪頭，圭司就遞出一張紙：

「咱們分頭吧。」

祐太郎反射性地接過紙來端詳。是資料夾裡的名單，昨天從新村拓海的電腦刪除資料前印下來的。

「來打電話。『這裡是警視廳犯罪被害對策室。我們正在追蹤調查曾經遭遇詐騙的民眾後來的狀況，請問您最近是否接到可疑的電話，或是有可疑的訪客？』」

「嗯？什麼意思？」

「這份名單，對集團來說應該已經沒用了，但是它對新村拓海有意義。新村拓海想要利用這份名單做什麼，那麼他應該和名單裡的人接觸過，就是要找出那個人。」

祐太郎和圭司開始打電話。祐太郎一想到不曉得得打上多少通電話，就意興闌珊，但根本不必操這個心，第一通就有了反應。

『啊，又來了嗎？』

祐太郎照著圭司說的報上身分，結果對方這麼應道。是名單上第一個人，住址在江東區，姓名是中村和夫。

『啊，不過上次打來的是深川警察署呢。不是為了那件事嗎？』

是老人的聲音。聲音沙啞，而且口齒不清，很難聽清楚。

「我是警視廳人員。我們在追蹤犯罪被害人是否又碰上相同的被害。轄區有連絡您是嗎？」

『轄區？』

「哦，就是深川警察署。深川警察署連絡您說了什麼？」

『喔，說是找到贓物什麼的，問是不是我的，不過好像跟我沒關係，所以我這樣跟他說，嗯。是有這樣的人找上門，不過我沒有賣他任何東西，嗯，對啊，三番兩次的，真的很煩人呢，對吧？』

祐太郎耐性十足地與老人對話，總算問出了詳細狀況。上個月有一名自稱深川警察署員警的年輕男子打電話過去，說警方破獲惡質強迫收購古物的集團，扣押了贓物，正在尋找物主。贓物是一只古老的盒子。

「對方好像對中村和夫形容，是個貼滿亮晶晶裝飾的黑色盒子。」祐太郎對圭司說。

「貼滿亮晶晶裝飾的黑色盒子？是螺鈿工藝的漆器書信匣嗎？新村拓海在找被騙走了那個書信匣的被害人，為什麼？」

「我哪知道？」

「新村拓海的集團鎖定這份名單上的人，進行惡質的強迫收購。有一次，新村拓海發現騙到手的書信匣裡裝了某些東西，比方說可以拿來恐嚇的把柄。新村拓海想要利用這個把柄恐嚇取財，卻不知道東西是從誰那裡騙來的，所以一一調查名單。」

「會是這樣嗎？」祐太郎納悶。「強買來的東西，反正兩三下就會轉手賣掉，所以是依類別保管，比方說貴金屬就跟貴金屬、名牌貨就跟名牌貨放一起，所以或許是會搞不清楚原本的物主是誰，不過恐嚇喔？實在不像拓海會做的事。」

「所以說，你又懂委託人什麼了？」圭司說。「委託人是強迫收購集團的成員，就算會恐嚇取財也沒什麼好奇怪的。」

「咦？強迫收購跟恐嚇不一樣吧？」

「不一樣嗎？」

「不一樣啦。那些從事強迫收購和冒充家人這類詐騙的集團，都有自己的一套說詞，像是日本的財富絕大部分都掌握在老人手裡，都是因為這些老人不花錢，我們年輕人才會過得這麼辛苦，所以年輕人從老人手裡弄些錢來花花，其實並不是什麼壞事。不不不，這當然是壞事，不過他們都會準備一套說法，用來洗腦末端的小嘍囉。像我也很笨，有時候聽著聽著，就會覺得真的是這樣，我猜拓海應該也是吧。那些犯罪集團的小嘍囉也是受到上層剝削，所以從這個角度來看，他們與其說是加害人，倒不如說是被害人。」

「你啊，」圭司目瞪口呆地仰望祐太郎。「這種話你敢對著這份名單上的人說嗎？」

「不，我不敢。不是啦，我的意思是，不是因為是強迫收購集團的成員，就會做盡一切壞事啦。」

「噯，好吧。直接去問被騙了東西的本人吧。」

「被騙了東西的本人？」

「剛才的電話，你會一試就中，並不是巧合。新村拓海也跟我們一樣，從這份名單的第一個開始找。我們也如法炮製就行了。你打奇數號碼，就說『前些日子，轄區警署應該有連絡府上，您後來是否想起了什麼線索？』」

「想起什麼線索？」

「隨便啦，總之只要說『轄區應該有連絡過』就是了。」

「嗯？啊，原來如此。」

祐太郎和圭司聯手，不停地打著相同說詞的電話。名單似乎真的很舊了，打得通的只有一半左右，其餘的不是搬家了，就是已經過世，或是換了號碼。打通的人裡面，大部分都從半年前到三、四個月前，遇到強迫收購集團的人上門，其中約有兩成實際受害。悲傷、怨恨；認命、自我嫌惡。祐太郎打著令人憂鬱的電話，第一張名單快打完時，總算碰到不同的回應了。

『轄區警署的連絡？你說的轄區，是目黑警察署嗎？不，應該沒有。」聲音是老人，發音卻非常清楚。他說雖然接到疑似強迫收購的電話，但他嚴正拒絕了。沒有轄區警署打電話來詢問這件事。

接下來祐太郎繼續打到有人接聽為止，但這個人一樣沒有接到轄區警署的連絡。

「新村拓海只打到這裡為止。物主就在這當中。」圭司說。

最後一個接到轄區警署的連絡，也就是接到新村拓海的假電話的人，到沒接到電話的人中間，共有三個人。其中一支電話已不再使用，另一支家人說三年前過世了，剩下的一支雖然有鈴聲，卻無人接聽，也沒有轉進電話答錄機。

「赤井惠子，這個人會是盒子的主人嗎？」

「不曉得。住址在足立區？我們去看看。你有駕照吧？」

祐太郎吃驚地回看圭司。這是他第一次和圭司外出。

多功能休旅車的後車門可以拉出斜坡板，讓輪椅直接上車，固定在後車座的位置。舞在事務所大樓的停車場教祐太郎怎麼讓輪椅上車、如何固定。她好像剛好要開別的車出去，看到兩人便走過來，不理會想要把她趕走的圭司，仔細地向祐太郎說明步驟。

「夏目離開以後，這是你第一次坐車出門呢。外出很好。這都要感謝新人呢。」舞開心地說，圭司一臉苦澀。祐太郎問舞夏目是誰，她說是祐太郎進來前在「dele.LIFE」工作的人。

赤井惠子家在一棟老舊公寓的一樓。把車子停在附近的投幣式停車場後，兩人前往公寓。按了門鈴，但無人應門。

「剛才車子經過的橋，」圭司說。「你注意到了嗎？過橋的這邊是足立區，另一邊是荒川區。新村拓海的遺體是在荒川區的河邊被發現的。」

「你是說，這裡就在棄屍現場附近？」

「我是說有這個可能性。有足夠的理由進去裡面吧？」

圭司看祐太郎，祐太郎看門把。門鎖是舊式的圓盤鎖。祐太郎拿起掛在牛仔褲腰帶環上的鑰匙串。除了家裡的鑰匙外，還各掛了一支探針和扳手。雖然是非常基本的開鎖工具，不過對手是過時的圓盤鎖，不消一分鐘就打開了。

「你總是隨身帶著這種東西？」圭司問。

「是啊，以前人家送我的，意外地很方便喔。像是遇到難開的拉環、不曉得該怎麼撕開的零嘴包裝，碰到那種的，真的很教人火大呢。」

圭司受不了似地搖搖頭。祐太郎聽從圭司的指示，協助將輪椅推進室內。高低落差不大，不費什麼工夫。祐太郎把圭司遞給他的套子套到車輪上，往屋內前進。短廊右邊是廁所和浴室。才剛打開裡面的門踏進一步，祐太郎就屏住了呼吸。

「這……」

圭司也以手覆鼻，啞然失聲。裡面充滿了生鏽般的強烈腐臭。祐太郎掃視室內，尋找臭味的來源，發現灰色的地毯有部分蓋著黑色的墊子。好像是浴室墊。祐太郎走過去拿開墊子，瞬間別開了目光。不是因為它散發出來的惡臭，而是由於它的怵目驚心。想都不必想，他當下便理解了那灘漆黑的汙漬是血跡。有磨擦的痕跡，可能是曾經設法要擦掉。一旁還有清潔劑的容器和刷子。打開附近的垃圾袋，裡面是大量的髒毛巾，應該是努力擦拭過地毯。

「赤井惠子殺了拓海？這是怎麼回事？」

祐太郎蹲在地毯旁邊說。從臭味和血跡的大小來看，似乎流了相當多的血。

『不，應該不是。』

圭司的聲音從相連的和室傳來。祐太郎走過去，發現圭司人在角落的佛壇前。他拋了一樣東西過來，祐太郎接住，是牌位。

「這種東西怎麼用丟的？」

牌位後面寫著「赤井惠子」。忌日是今年初，享年七十六歲。祐太郎把牌位放回佛壇，注意到還有另一個牌位，背面的名字是「赤井元」，是在十年前過世，享年七十歲。佛壇旁邊擺著一對老夫婦的照片，應該就是赤井元和惠子夫婦。祐太郎敲了一下佛壇上的鈴，合掌膜拜。

回到地毯的房間一看，圭司正把矮桌上的筆電放在膝上操作。

「可以用嗎？沒鎖嗎？」

「PIN碼的話，很多人設定四位數。數字鍵只有四個鍵磨損得特別厲害。0、1、4、5。最有可能的是生日，再來是電話。生日的話，就是四月十五或五月十四。密碼是五月十四，0、5、1、4。」

對祐太郎來說，這段說明根本算不上說明，他反問了幾次，卻還是無法理解。圭司無視於祐太郎的反應，邊操作電腦邊說：

「住在這裡的是赤井良樹，四十六歲，似乎是單身。」

「是那對夫婦的兒子嗎？」

「應該。本來每天都會逛的色情網站，也從三天前就沒有再上去。他好像很努力地在調查河邊棄屍案的偵辦狀況。」

「那不就是他了嗎？」

「是啊，一定是他。」

「怎麼辦？」

「他應該去上班了。等他回來。」

才剛過中午而已。圭司繼續弄電腦。祐太郎沒辦法，只好看電視打發時間。房間裡別說沙發了，連坐墊都沒有，坐的時間一久，屁股就痛了起來，但祐太郎也不想躺在角落沾滿血跡的地毯上。他起身伸懶腰，重新環顧這個房間，發現東西極少。看到的家具只有小矮桌，電視機直接擺在塑膠收納盒上。和室裡只有佛壇，連櫥櫃都沒有。以獨居男子的住處來說，實在太過冷清了，考慮到他直到年初都還和老母兩個人住在一起，這裡的東西少到異常。

赤井良樹在傍晚六點過後回家了。他似乎是個安靜的人，祐太郎完全沒聽見他進門的動靜。祐太郎去廁所小解，沖水後出來，正要回去起居間，看見一名男子張大嘴巴愣在原地。男子身材微胖，穿著半舊的西裝。他看起來比四十六歲的實際年紀更老，應該是幾乎全白的頭髮和下垂的頰肉使然。

「啊，你好。」祐太郎急忙行禮。「你是赤井良樹先生對吧？打擾了。」

赤井良樹對祐太郎的問題反射性地點頭後，表情僵硬地後退。

「總算回來啦？」

聽到背後傳來聲音，赤井良樹嚇得真的跳了起來。

「你……你們是誰？」

他嚇軟了腿似地背貼在牆上，忙碌地交互看著右邊的圭司和左邊的祐太郎。

「這個狀況，我們是誰並不重要，對吧？重要的是你做了什麼。」圭司說。

「什麼……我、我什麼都……」

「血跡就在那裡，還想要抵賴嗎？」

圭司受不了地用下巴努努地毯的血跡。

「那不是……」

「無所謂，那不重要。我們不是警察，也沒有通知警方。新村拓海的手機在哪裡？」

「啊……咦？」

「手機。你殺死的新村拓海的手機。你拿去哪裡了？只要告訴我們這件事就行了。」

祐太郎注意到男子的眼中原本消失的思考光芒漸漸回來了。不是警察。有兩個人，一個坐輪椅。這些事實似乎開始在赤井良樹的心中產生意義。圭司背後是通往陽台的窗戶，而這裡是一樓。祐太郎想要警告圭司這件事，圭司卻先笑了出來：

「你真是什麼都寫在臉上了。不過要動手的話，我建議你對付另一個比較好。」

圭司朝祐太郎努努下巴。

那唐突的笑聲讓赤井良樹畏縮了一下，但他立刻撲向圭司。不過圭司的動作更快。他飛快地拉動輪圈退開，下一瞬間火速衝刺，撞向撲了個空而踉蹌的男子。一道悶重的聲響後，接著一聲「哇」的慘叫，男子摔倒了。圭司俯視抱著腳倒地的男子。

「你怎麼會覺得只是能走路，就比我占上風？」

男子護著腳，搖搖晃晃地站起來。圭司背對窗戶，悠然微笑。男子猛地轉向祐太郎。

「啊，我嗎？呃，我是沒在做什麼啦，不過有練武的人稱讚過我，說我身手很靈巧。嗯。我也不是多厲害……」

話還沒說完，男子已經撲了上來。祐太郎閃過直衝而來的男子，繞到他背後，堂腿一掃，同時抓住他的手，拖過去壓制在地毯上。

「真的好靈巧。」圭司說。

「啊，嗯。」祐太郎壓在趴地的男子背上，反剪他的手點點頭。「常有人這樣稱讚我。」

「你們到底是什麼人？」

祐太郎身下的男人嚷嚷著。

「他的夥伴嗎？是來報仇的嗎？」

圭司慢慢地靠近男子，冷冷地俯視在祐太郎身下扭動的他說：

「手機。你沒聽見嗎？新村拓海的手機在哪裡？」

「手機？你在說什麼？」

輪椅都來到男子的臉旁了，圭司卻沒有停下來。一邊的車輪輾上男子的脖子，男子的喉嚨發出「咕」的聲響。

「你殺了新村拓海後，把他的手機拿去哪裡了？」

圭司以車輪重重地輾在男子的脖子上，男子的臉愈來愈紅。

「丟掉了。」

男子口水直淌，痛苦地說。

「丟在哪？」

男子說的地點，是距離新村拓海棄屍地點更下游的河邊。

「沒有記號嗎？大樹附近之類的。」

「在橋附近。我從橋頭丟出去的。沒有丟太遠。我想要丟進河裡，但距離不夠。」

圭司「嘖」了一聲，把車輪從男子的脖子上挪開。男子在祐太郎身下嗆咳著。

「真麻煩。你把地點問仔細點。你應該明白，到時候找不到手機，辛苦的會是你自己。」

圭司說完，推著輪椅往玄關移動。祐太郎急忙叫住他：

「咦？就這樣？不問他為什麼殺人嗎？警方那邊怎麼辦？」

圭司回望祐太郎：

「不怎麼辦。你想知道動機，自己去問。速戰速決啊。」

「啊，那，」祐太郎說，用力壓住男子，把反剪的手勒得更緊。「你為什麼殺了拓海？」

男子發出痛苦的呻吟，雙腿亂蹬。

「你這樣他怎麼說話？」

聽到圭司的話，祐太郎放鬆力氣。男子也不調勻呼吸，嚷嚷起來：

「那是他自找的！誰叫他一而再，再而三找上門來，不就是他自尋死路嗎？我調任外地的時候，他居然跑來詐騙獨居的老人家。我回家一看，整個家都空掉了，電視、甚至連餐桌都被搬光了。我媽裹著毯子，整個人失了魂似地，在空蕩蕩的房間裡抖個不停。後來沒多久我媽就死了。」

新村拓海所屬的犯罪集團，以前鎖定這個家進行強迫收購，從獨居的赤井惠子手上奪走了一切。

「拓海找你做什麼？」

「他假冒警察打電話來，問我們有沒有被騙走一個黑色的盒子。我一聽就知道那是我家的書信匣。我說那是我家的，他就上門來了。那人怎麼看都不像警察啊。我質問他，他就拿出一個袋子，說他只是想要把東西還給我，叫我收下。我打開袋子，裡面裝著照片，是我小時候的照片，和我媽還有我爸的合照。他居然把這些東西裝在超商塑膠袋裡拿給我。聽到那是我媽珍藏在書信匣裡的東西，我悲從中來。看到我哭，他居然露出滿足的笑，說他無論如何都想把這東西還給我。我說，開什麼玩笑，你自以為在行善嗎？你明白我媽是懷著什麼樣的心情死掉的嗎？我媽不停地跟我說對不起、對不起，就這樣死掉了！對不起，家裡的東西都被騙光了；對不起，沒能留下半樣東西給獨生子；對不起，你爸留下的手錶、本來打算要留給媳婦的真珠戒指，全都被騙走了，對不起……」

赤井良樹說著說著，哭了起來。祐太郎也沒力氣繼續壓著，放開男子的手，從他背後挪開。

「所以你把拓海……」

「對，我揍了他。我揍了他好幾拳。他一次都沒有閃躲。一想到他自以為這樣就算受罰了，我實在是氣到不行。開什麼玩笑？既然你想受罰，好，很好，那就讓我來懲罰你。所以我從廚房拿了菜刀，用它——」

「刺了拓海？」

男子點點頭。

「你為什麼……」

「有什麼辦法？要懲罰那種人渣，就只能讓他痛。因為跟那種人用說的有用嗎？他聽得懂人話嗎？我就是要他知道痛，才會刺他，可是他卻不怎麼痛的樣子。我想要他更痛苦，所以再捅了一刀，結果他就死了。就死掉了。」

「你怎麼處理屍體？」

「用毯子包起來，租了車子，等到入夜以後丟在河邊。可是回家一看，發現他的手機掉在房間裡。」

「所以你又去丟手機。」圭司急促地說。「你不想靠近棄屍地點，所以丟到其他地方。這就是全部的真相。好了，走吧。」

「警察呢？不報警嗎？」

「無所謂。不過我看你沒那麼堅強，能夠扛著殺死一個人的罪惡感活下去。如果我是你，就會趕快去自首。接受懲罰比較輕鬆，對吧？你就是這種人。以這種意義來說，跟新村拓海是同類。」

男子慢吞吞地抬起頭來。

「不管怎麼樣，手法這麼粗糙的殺人棄屍，警方很快就會查到你頭上了。啊，如果要自首，最好不要提起我們的事。要說成你完全是出於自己的意願自首的，否則本來可以酌情量刑的，也會被打折扣喔。」

圭司以眼神催促祐太郎。祐太郎丟下倒地的男子離開。在玄關協助圭司把輪椅推下脫鞋處時，後面傳來男子的聲音：

「……嗎？……我嗎？」

第三次變成了怒吼：

「錯的人是我嗎！」

「對，沒錯。」圭司回道。「不過錯的不只是你。」

不等男子回話，祐太郎和圭司離開了公寓，回到停車場。祐太郎從後車門放下斜坡板，把輪椅推上車，用鉤子固定好。他坐上駕駛座，回頭看後面的圭司：

「真的不用管他嗎？他會不會自殺啊？」

「跟害怕自己的罪行不知何時會曝光的先前相比，可能性很低。比起自殺，犯罪曝光應該能讓他自首。」

「你確定？」祐太郎問。

圭司笑著搖搖頭：

「不確定，只是我這麼想而已。」

祐太郎轉頭看公寓，圭司輕戳他的肩膀：

「走吧。這是老闆的命令。」

兩人前往男子說的橋。天色已經一片漆黑，而且河邊被一片高草覆蓋。圭司似乎壓根兒不打算幫忙，沒有說要下車，或是叫祐太郎幫忙他下車。祐太郎拿著強力手電筒，花了一個小時以上，總算找到了手機。

用汽車點菸器為手機充電後，圭司找到目標資料夾，予以刪除。

「刪除完畢。」圭司喃喃。

打開了一些的車窗外傳來河流潺潺聲。絲絲吹入的微風，很快便融入車內溫熱的空氣消失了。

「身為強迫收購集團小嘍囉的拓海，某天在集團騙來的書信匣當中發現了照片。那是母親珍藏的孩子的成長記錄。當然，對犯罪集團來說，那些照片只是垃圾。但拓海卻沒辦法丟掉它們。他已經變成沒辦法丟掉這種東西的人了。集團的工作結束後，拓海想要把這些照片物歸原主，開始尋找書信匣的主人。同時他也開始求職，想要找份正當工作。他會委託我們刪除資料……一定是早有心理準備，可能會被警方抓到。自己被捕是沒辦法的事，但不能出賣集團，所以他才會想要刪除會成為證據的名單。」

「嗯，應該是這樣吧。」

打電話來的男子也說，萬一被警方順藤摸瓜地查出被害人就糟了。不過祐太郎認為新村拓海會委託刪除，不是出於對集團的忠誠，而是害怕他們轉向對女友和孩子報復。

「我覺得拓海不是想要受罰。」祐太郎說。「他只是想要改變。他想要擺脫過去的自己，變成一個父親。」

圭司冷哼一聲，一臉無趣地點點頭。

「你說這孩子嗎？」

圭司遞過來的手機畫面上，是那個嬰兒和母親依偎在一起沉睡的照片。祐太郎想像新村拓海為了不吵醒安眠的兩人，偷偷靠近，拿起手機拍照的模樣，忍不住微笑。他在圭司催促下，滑動畫面，發現好幾張偷偷拍下的母子照。也有好幾張嬰兒一個人的獨照。

『就算這孩子哭了，也不肯哄他，總是生氣地叫我。』

那應該是因為新村拓海太疼愛這孩子了。因為太寶貝、太珍惜，反而不曉得該怎麼對待才好。

「我可以把手機交給拓海的女朋友嗎?」

祐太郎問,圭司搖搖頭:

「不行。手機要從橋上丟下去。」

「我想告訴她,拓海拍了這些照片。」

「你真的是外強中乾。」圭司說。「如果赤井良樹自首,一定會提到手機的事。你把手機丟在容易找到的地方就行了。警方檢驗完證物的手機後,應該會交還給他的女友。」

「這樣啊,說的也是,我知道了。」

祐太郎拿著手機下車。

當手機交到她的手上時,新村拓海會在她的心中抱緊嬰兒。因為覺得自己去抱,會弄壞、弄髒了孩子,所以連孩子哭了都不敢哄;這樣的新村拓海,終於能夠第一次抱緊那孩子。

祐太郎將充滿了新村拓海的溫情的手機拋向黑夜之中。

Secret Garden

祕密花園

吧台座只有祐太郎一個人。他回看後方牆上的鐘。中午十二點十五分。轉回來的時候，拉麵正從吧台另一頭遞過來。

「醬油拉麵好了。」

「啊，謝謝。」

打開免洗筷夾起麵條，呼呼吹氣，吸起麵條。這段期間，老闆在吧台裡交抱手臂，面朝前方。雖然不是在看自己，但教人侷促難安。祐太郎若無其事地左右轉頭看店裡，轉向右邊的時候，順便望向玻璃門外往來的行人。新宿的中華料理店「夕樂」彷彿設下了堅不可摧的結界，現在應該是中午的熱門時段，店裡卻只有他一個客人，門外的路上熙來攘往，卻沒有半個新的客人要進門的樣子。祐太郎轉回正面，吸了一口麵，順便啜了一口湯。

不難吃，祐太郎想。這如果是街上只有一家的中華料理店，也許他一個月會來光顧個兩回。不過這裡是東京首屈一指的鬧區，每五分鐘路程就能看到另一家中華料理店，確實似乎沒有理由特地光臨這家店。如果老闆是個年輕帥哥，或是有穿旗袍的美女店員，或許又另當別論。

祐太郎抬頭，不小心和正注視著他、面孔獷悍又蓄著鬍渣的老闆四目相接了。老闆似乎只是在發呆，對望之後，露出尷尬的表情。祐太郎微笑，說「很好吃」，老闆獷悍的臉上浮現苦笑：

「小哥，你之前來過嗎？」

「沒有，今天第一次來。」

「這樣啊。」老闆點點頭，手放在嘴邊，像是在撫摸鬍渣。祐太郎等著，以為對方會解釋為什麼這麼問，但老闆沒有開口。

「為什麼這麼問？」祐太郎主動問道。

「嗯？啊，沒有啦，這家店以前是我跟我爸一起在做，麵是我爸負責的。」

「啊，這樣啊。」

「一堆客人都是特地來吃我爸的拉麵的。中午時段的話，起碼要排隊十分鐘。」

「咦，這麼厲害。」

「我爸的拉麵非常好吃。」

老闆望著玻璃門外的馬路，瞇起眼睛。

「這拉麵也很好吃啊。」

祐太郎豪邁地吸了一串麵。

「小哥，這要不是客套話，就是你沒吃過好東西。」

祐太郎的目光移回老闆身上，老闆笑道：

「這拉麵跟我爸煮的是天差地遠。小哥，要是你早三個月上門，就可以吃到我爸的拉麵了。」

「你爸怎麼了？」

「三個月前突然在店裡倒下了。雖然狀況不太好，但他還是努力撐著，不過前天走了。今天守靈，明天辦葬禮。」

「今天……咦？那你待在這裡可以嗎？」

「只有中午啦。我覺得起碼為客人中午開個店，也算是安慰我爸在天之靈，不過太好笑了呢。根本沒有客人上門，只有小哥一個。我爸一不做了，客人馬上不來了。」

「這樣啊……」祐太郎口中含糊地說。

「啊，抱歉抱歉，怎麼跟客人講這些呢？都是因為小哥人太好聊了。平常我是不會跟客人閒聊的。啊，你要吃韭菜炒豬肝嗎？快炒的話，我的手藝也不賴。我請客。」

「多謝招待。」祐太郎行禮說，老闆笑著應了一聲，拿起中華炒鍋。

位於地下的事務所照不到陽光，也聽不到外頭的喧囂。但這裡與其說是被結界封閉，倒不如說本身就是異界。無機質的混凝土牆、高聳的天花板、數台電腦。異界之王就鎮坐在電腦螢幕前。

「那，委託人確定已經死了？」

圭司坐在輪椅上問。

「兒子都這麼說了，確定死了啦。」祐太郎點點頭。「那要刪掉嗎？」

「這是委託人的要求。既然確認死亡了，當然要刪掉。」

祐太郎還來不及制止，圭司已經操作土撥鼠，從委託人的電腦刪除了檔案。

「啊……」祐太郎嘆氣。

「幹嘛？」圭司望向祐太郎。

「搞不好那是『夕樂』引以為傲的醬油拉麵師傅的湯頭祕方呢。如果真是那樣，現在這一瞬間，我已經確定一輩子都吃不到那傳說中的醬油拉麵了。不只是我，全世界再也沒有人吃得到了。這麼一想，難道你不會心痛嗎？不覺得淒涼嗎？不會捶心肝流淚嗎？」

「你離我遠一點。你剛吃過韭菜炒豬肝對吧？什麼傳說中的拉麵，你今天才第一次去那家店吧？」

祐太郎用手掩住嘴巴，吹氣確定口中的氣味。有剛才吃的韭菜炒豬肝的味道。

「喔，韭菜炒豬肝還不賴。只要那味道平淡無奇的拉麵再改善一些，生意應該會不錯。啊啊，剛才的資料夾，真的不是湯頭祕方嗎？」

「我哪知道？」

「可是那樣的話，師傅怎麼會委託刪除呢？因為怕自己忘記，存在電腦裡，可是不想告訴兒子嗎？有夠壞心眼的。」

「沒人知道啦。」

「他們看起來感情不差啊。兒子景仰父親，但父親討厭兒子嗎？有這樣的父子關係嗎？」

「我不曉得，不過，」圭司嘆氣說。「假設剛才的資料夾裡裝的是湯頭祕方，有沒有這個可能性？每到中午，店裡就有一堆客人蜂擁而至，來吃死去的父親的拉麵，卻沒有人要點兒子引以為傲的快炒料理。這家店全靠父親留下的祕方在支撐，父親只是每天照著那祕方，默默地煮拉麵。父親的麵應該也成了那家店的傳統吧。但是父親認為這樣下去，會毀了兒子身為廚師的可能性。」

「噢噢！」祐太郎驚叫，伸手指住圭司。「噢噢！噢噢！一定就是這樣！就是這麼一回事。不愧是所長，太精闢的分析了。哎呀，太精闢了。」

「不是精闢膚淺的問題，我就說我不知道了。委託人生前在想什麼，反正我們不可能知道。因為不知道，所以不必去在乎，只要刪掉檔案就是了。因為我們唯一清楚的，就只有這是委託人的希望。」

「咦？那比方說，有個超級天才的小說家，委託你把寫到一半的小說刪掉。因為他無法忍受未完成的作品在死後被公諸於世。可是他也打算如果完成，就向世人發表。然而就在作品完成的那一刻，小說家死掉了。」

「死得未免太巧了吧？」

「是成就感讓他鬆懈下來了吧。」

「有人會因為鬆懈就死掉嗎？」

「反正那個小說家死掉了啦。這種情況，老大會怎麼做？小說已經完成了，委託人希望把它公諸於世，全世界有上百萬名的粉絲期待看到作家的新作品，而且那是一部曠世鉅作。即使如此，如果照著老大剛才的話去做，那部小說就會從世上消失了。別說不會被任何人看到，甚至沒有人知道它已經完成，就這樣消失不見了。你覺得這樣好嗎？」

「沒有什麼好不好的，那是那部作品的宿命。」

「不覺得可惜嗎？不覺得對全人類來說，這是個滔天大罪嗎？」

「如果知道，就會覺得可惜，也會感到罪惡。所以只要不知道就沒事了。」

「遇上困難的問題，就當做沒看到，這樣的態度不太可取吧？不覺得這種解決方法很幼稚嗎？」

正當祐太郎這麼問，土撥鼠醒了。圭司把土撥鼠拉過去，看向螢幕，手伸向觸控板。一旦進入這種狀態，問他什麼都不會搭理。

祐太郎無事可做，走近掉在房間角落的足球。他用右腳底把足球勾過來，兩腳夾住踢起來，接著只用左腳背開始輕輕挑球。當他挑球超過三百下時，聽見圭司似乎整理好資料了。最後祐太郎把球踢到臉的高度，以胸膛接住。這時他才發現足球上寫了幾個小字：

to

K

既然球在這間事務所，那麼「K」應該就是圭司（Keishi），但球上沒有「from」，不知道是誰送的。祐太郎再次檢查球身，發現球並不怎麼老舊。這表示沒有署名的某人，送了一顆足球給不可能踢球的圭司。如果是出於惡意或挖苦，圭司應該不會把它留在身邊。那麼，這份禮物究竟有著什麼樣的涵義？

祐太郎看圭司。圭司正把土撥鼠的螢幕轉向他：

「委託人安西達雄，七十六歲，曾在大型承包商大堂建設擔任董事，後來甚至當到顧問。他是在一年前申請委託的。他本來是舞的客人，透過舞跟我們簽約。」

祐太郎把球丟下，走近圭司的辦公桌。

「舞小姐的？不愧是名流御用律師。」

「真麻煩。」圭司不悅地喃喃。

「為什麼？」

「舞要求不光是確認死亡，還必須等到確認遺體火葬，才可以刪除資料。她在介紹客戶時，這麼交代過我。」

「為什麼？」

「法律禁止死後二十四小時以內火葬，理由是二十四小時以內，人還有可能復生。舞說既然如此，資料的刪除應該也要比照辦理，不准我在火葬結束前刪掉資料。」

「噢，原來如此。不愧是舞小姐，有道理。」

「醫師確認死亡後人又復活，這已經是醫學不發達的古時候的事了，現在幾乎不可能有這種情形。再說……」

「嗯？」

「這代表委託人希望隨著自己的死從世上消失的資料，會被保留到火葬結束後。這實在……」

圭司摸著後頸，嘆了口氣。但他很快就振作精神，命令祐太郎：

「總之你確定一下委託人是否死亡。如果已經死亡，也看看是否已經火葬。說詞隨便你發揮。這是安西的住家電話，這是手機。」

祐太郎取出手機。

「呃，他是大堂建設的顧問嗎？」祐太郎向圭司確定後，打到安西的住家。很快就有人接電話了。「啊，您好，我叫真柴祐太郎。請問是安西先生府上嗎？我在大堂建設工作的時候，安西顧問非常關照我，這次呃……因為我要結婚了，務必想要邀請安西顧問參加……啊，咦？咦咦？什麼時候的事？……啊……這樣啊，因為生病。我完全不知道，真是太失禮了。請節哀順變。守靈是……是，好……我知道了。我想向他道別……是，很抱歉在這種時候打擾。好的，再見。」

祐太郎以肅穆的聲音和表情掛了電話。圭司用表情問他結果。

「說是今早過世的。一直在接受抗癌治療，但上個月住院，今早終於不治。」

「這樣。誰接的電話？」

「他兒子。他說後天守靈，大後天告別式。」

圭司板起臉孔：

「大後天以前都沒辦法刪除資料嗎？」

圭司拿起手機。對方很快就接聽了，圭司開口：

「現在方便嗎？」

似乎是打給舞。圭司報告舞介紹的安西過世的消息後，告知守靈和葬禮的時間。

「嗯，我知道，火葬以後才會刪除。咦？」

圭司抬頭，問在辦公桌前待命的祐太郎：

「你有喪服嗎？」

「喪服？嗯，有。」

「那你換上喪服，去參加後天的守靈或大後天的喪禮。」

「咦？」

「當我的代理人。奠儀事務所會出，你可以開事務所的車去。」

圭司對祐太郎說完，立刻又對手機說：

「反正不管是我還是這傢伙，對方都沒見過。再說如果我去，有些殯葬會場無障礙空間做得不好，反而會麻煩人家。」

舞似乎接受了這番說詞。圭司接著再說了幾句話，掛斷電話。

「那，交給你了。」圭司對祐太郎說。

喪服充滿了防蟲劑的臭味。祐太郎想起上一次穿喪服的事。那是祖母的喪禮，喪主是祐太郎。原本應該由祐太郎的父親擔任喪主才對，但祖母不允許。她生前強烈主張，說她死後這個家就是祐太郎的了，那麼自己的喪禮應該由祐太郎擔任喪主才對。祖母甚至寫在遺囑裡，因此父親也無從反對。祐太郎擔任喪主的葬禮上，父親和父親現在的家人也來參加了。母親現在的家人沒有來，但母親來了。祐太郎悟出，祖母八成就是為了這個目的，才會指名自己當喪主的。如果父親擔任喪主，父親現在的家人就會幫忙籌備喪禮，而母親不能參加，祐太郎也無處容身。祖母是為了他而在最後給了他們一家三口團聚的機會。

『辛苦你了。』父親說。『往後你要怎麼辦？』母親問。祐太郎對雙方都回答：『我沒問題的。』這是三人最後一次見面。

與祖母冷清的喪禮相比，安西達雄的喪禮隆重盛大。大型殯葬會館廣闊的會場上搭起鮮花點綴的豪華祭壇，弔客絡繹不絕。

守靈的上香儀式已經開始一陣子了。祐太郎在會場後面等著上香。

祭壇上掛著安西達雄的遺照。遺照面露溫和的微笑，但眼神感覺意志堅定。這個人到底要求刪去什麼樣的資料？祐太郎想像起來。想要留到死前一刻，但希望死後刪得一乾二淨的東西。第一個想到的，還是與情色有關的東西。祐太郎不太能想像七旬男子的性欲。他望向家屬席。喪主是兒子，沒見到遺孀。他聽舞說安西夫人比委託人早兩年離世。舞好像要和事務所的職員參加明天的喪禮，今天的守靈沒來。祐太郎想，既然沒有另一半，應該也不需要大費周章委託別人刪除色情內容吧。既然如此，會是什麼樣的東西？其實不為人知地狂熱支持的偶像影音內容？其實私底下創作的浪漫詩句？其實偷偷列出來的「總有一天想宰掉的人的名單」？他天馬行空地胡思亂想，卻沒想到半樣真有可能的內容。

終於輪到他上香了。他在殯葬人員催促下起身排隊。上香台有三座，隊伍也有三排。祐太郎站在左排。他一邊排隊，一邊漫不經心地看著上香客。祐太郎那一排的燒香台正輪到一名嬌小的女子。她向家屬席行禮，再朝著遺照一禮，就要捻起抹香（註1）時，忽然一個重心不穩，跪到地上。

由於事發突然，附近的上香客和家屬座的家屬一時都沒人反應過來。祐太郎離開隊伍跑過去。

「妳還好嗎？」

他小聲問著，扶住女子的肩膀。女子想要自己站起來，卻沒辦法，挨在祐太郎身上，喃喃著「對不起」，扶住額頭。看上去三十多歲。

註1：粉狀的香，過去使用沉香等，現在主要以日本莽草乾燥磨碎製成。

「出去透透氣吧。妳能走嗎？」

女子點點頭。祐太郎向周圍點點頭說「沒事」，帶著女子離開守靈會場。他扶著女人的肩，把她帶去休息室。休息室裡沒有人。他讓女子在沙發坐下，蹲跪在前面問：

「要不要喝點什麼？」

女子無力地垂著頭，扶額搖了搖頭說：

「不用，可以請你叫兒子、叫喪主過來嗎？」

她深深地嘆著氣說。從她的口氣，祐太郎發現她好像把自己誤以為是殯葬會館人員了。但現在這氣氛似乎也不好訂正。

「呃，現在還在上香，不方便請喪主離席……」

祐太郎的語氣不由自主地變得像殯葬人員。

「就是這樣才好。」

她抬頭，稍微正襟危坐。

「能跟他單獨說話，也只有現在這個機會了。」

「呃，這話是什麼意思呢？」

「我是故人的妻子，但他兒子不知道這件事。」

祐太郎一頭霧水，又問了一樣的問題：

「什麼意思？」

「我就是想要說明這件事，可以麻煩你設法請故人的兒子過來嗎？瞞著他的家人，請他一個人過來。我想這也是為了對方好。」

她說完又垂下頭去，按住額頭，就好像該說的話全說完了。祐太郎曖昧地應了聲「喔」，留下女人離開休息室，立刻打電話給圭司。幸好圭司馬上接聽了。祐太郎說明狀況，圭司發出呻吟：

『是看到安西死了，情婦信口開河，還是真的結婚了？』

「怎麼辦？」

『怎麼辦……唉，如果裝作不知情，舞一定會生氣。』圭司嘀咕道。

「雖然已經過世，但畢竟是顧客的問題嘛。」

『而且也會扯上遺產。』圭司嘆息，嫌麻煩地說：『總之你先照著那個女的說的做。給我一點時間，我查一下兒子的資料。帶兒子過去的時候，你不著痕跡地把手機留在房間裡，我想知道他們說什麼。』

「好。」

祐太郎進入守靈會場，沿著牆壁前進。上香還在進行。就算圭司沒有指示，這狀況也沒辦法出聲叫喪主。等了一會兒後，圭司傳訊到手機了。是喪主安西達雄的兒子的資料。兒子名叫安西雅紀，四十八歲，在一家大貿易公司擔任部長級職位，現在和妻子兒子三個人住在都心附近的摩天公寓。父子之間的交流並不頻繁，但雅紀偶爾會傳簡訊問候父親的近況和身體狀況。從達雄對兒子的回覆來看，兩人之間並沒有不和，應該是一對很普通的父子——圭司寫道。

接到訊息後再等了一會兒，上香告一段落了。雖然還在誦經，但只剩下遲來的弔客三三兩兩地前往燒香台。祐太郎見那些稀疏的弔客也上完香後，走近祭壇旁邊的喪主雅紀。途中，他向對望的人以接近面無表情的臉色微微致意，讓殯葬人員以為他是家屬、家屬以為他是殯葬人員。走近雅紀的座位後，附近就只有家屬了。祐太郎以殯葬人員的口吻小聲說：

「非常抱歉，可以占用您兩分鐘的時間嗎？」

雅紀一臉訝異地回頭。也許是因為知道他是大貿易公司的部長級人物，先入為主觀讓他看上去就是個很能幹的人。身材不胖，頭也不禿，神情精悍。

您會狐疑是理所當然，但事情就是這麼重要——祐太郎迎視雅紀的目光，傳達出這樣的意念，微微頷首。好像沒有新的弔客，只有誦經聲迴響著。雅紀瞄了一眼會場的狀況，站了起來。祐太郎主動走近靠近的殯葬人員，裝成家屬小聲說「馬上就回來」。殯葬人員行了個禮，退了回去。祐太郎彎身引導雅紀，離開守靈會場。

「剛才有位女士在上香時身體不適。」

離開會場後，祐太郎說道。

「啊，是啊。」雅紀點點頭，表情暗了下來。「她身體不舒服嗎？我不認識她……」

「那位女士自稱故人的妻子，要我請喪主過去談這件事。她在那邊的房間等您。」

聽到這話，雅紀不禁啞然：

「妻子……？」

「要找人一起來嗎？可以應付這種情況、值得信賴的人。」

「呃，這太突然了……」

「我想她應該也是想要出其不意。她要我請您單獨過去，不過我想與其單獨去見她，帶個人一起去也許比較好。如果不方便現在立刻見她，或許可以在適當的人選陪伴下，另約時間碰面。」

祐太郎是在暗示可以連絡律師舞，但雅紀露出沉思的樣子。

「就算你這麼說，要到哪裡找這樣的人……」

從雅紀的樣子來看，他並不知道父親有顧問律師。祐太郎考慮要不要告訴他，但想想安西達雄委託了「dele.LIFE」，他不確定故人是否願意這麼做。祐太郎正遲疑著，雅紀露出想到什麼的表情抬頭：

「等我一下，我去帶人過來。」

雅紀留下這話，快步進入會場，很快就帶著一名男子回來了。祐太郎本以為他會帶公司同事或父親的朋友過來，沒想到是一名年輕男子。臉型細長，身材清瘦，看上去才二十多歲。

「這位是家父生前照顧他的看護，宇野。他每星期會去家父家一、兩次。家父的近況，就數他最清楚。他說家父根本沒有娶妻。」

「敝姓宇野。」男子行禮，以質疑身分的眼神看向祐太郎，然後再看向雅紀。祐太郎不待對方開口提問，引導兩人過去。

「請，她就在裡面。」

祐太郎敲了敲休息室的門，聽到回應後開門。女子從沙發站了起來。

「我帶喪主過來了。這位是故人生前負責照護的看護人員。」

女子微微蹙眉，被祐太郎看在眼裡。她一瞬間便抹去那表情，深深行禮：

「我叫高嶋由希子。」

祐太郎趁著雙方彼此打量時，打開手機錄音功能，丟進房間角落的垃圾桶。

「那麼，我先告辭了。」

祐太郎搶在對方質疑他的身分前，行禮後離開休息室。他早就確認過入口旁邊有公共電話，從那裡打給圭司。

「我放好手機了。」

『好。回收手機後就回來吧。』

祐太郎掛斷電話，躲在可以看見休息室門口的位置。既然喪主在那裡，雙方不可能談太久。不出所料，約五分鐘後，高嶋由希子便離開房間了。她回看房門，瞬間那張臉憤恨地扭曲。她露出咬牙切齒的表情，背對房門走了出去，離開殯葬會館。緊接著雅紀離開休息室。臉色陰沉，但沒有太困擾的樣子。他快步走回守靈會場。最後離開的是宇野。他走出休息室時肩膀垮了下來，就像是重重地嘆了一口氣，但仍無法吐盡內心的疙瘩般，踩著沉重的腳步回會場了。祐太郎等他的身影消失在會場門內，折回休息室，取回手機，離開殯葬會館，開車回事務所。

手機錄到的三人對話，清晰得超乎意料。

祐太郎一離開休息室，高嶋由希子便向兩人說，安西在過世兩天前送出了結婚證書。看護宇野當場反駁不可能，雅紀卻有些遲疑。

『那麼，妳有什麼要求？』

『雅紀先生，您在說什麼……』

宇野想要制止，但高嶋由希子打斷似地說：

『我只希望你們承認我是他的妻子，除此之外，我什麼都不要。』

『具體來說，妳想要怎麼做？』

『請把他的骨灰給我。我不要求全部，只要一小部分就行了。』

『妳在胡說什麼？』

宇野大喊似地說。

『我從來沒聽過安西先生提起妳的事。而且安西先生一直住院，妳連一次都沒有去看過他吧？我也根本沒見過妳。』

『不，我三不五時就會去佐山綜合醫院探病。達雄說要把我介紹給大家，但我想他身體狀況那麼糟，不是說這些的時候，所以推辭了。』

『就算是這樣，安西先生也不可能完全不向家人透露他有交往對象的事。突然說什麼結婚，這實在……』

『不，宇野，其實也不一定。』雅紀說。『大概就在我爸要住院之前吧，我們在講電話時，他暗示過類似的事。』

『暗示……』

『也就是他有女人。我那時猜想，也許他有個中意的對象，或是喜歡的人，不過我不相信結婚這件事。結婚證書一定是妳擅自送交公所的。我父親沒那麼自私，會連一聲都不知會我就這樣做。我不知道你們是怎麼認識的，不過妳接近我父親，是為了他的錢吧？我父親應該也明白。即使如此，如果我父親在生前因為妳而得到了一點安慰，我也不想責怪妳。如果妳想要在最後拿一筆錢，我可以為你們生前的交往支付一筆數目。所以別再假賢慧，說什麼想要骨灰，否則我會提出婚姻無效的訴訟。請不要跟我爭，就這樣同意吧。妳想要多少錢？』

『雅紀先生，這樣不對啊！』

『我才不要什麼錢！』

宇野和高嶋由希子同時叫道。

『宇野，你說的沒錯。但這種事情拖得愈久，對我們愈不利。高嶋女士是嗎？如果妳覺得我這樣說太難聽，那麼我換個說法好了。妳和我父親是相愛的，但身為父親的兒子，我無法容認這段關係。很抱歉，我不承認妳和我父親的婚姻，也不打算把他的骨灰交給妳。請問我要付妳多少錢，妳才肯接受？』

『這不是金錢可以衡量的……』

『喪主不能離席太久。一百萬怎麼樣？』

『雅紀先生……！』

宇野尖叫似地說，但應該是雅紀制止了，一段沉默。

『……五百萬。』

片刻後，高嶋由希子低聲說道。

『好。』

『這……』宇野呻吟。

『五百萬，就此一乾二淨。往後我不想從任何人口中聽到這件事。如果又有人提起這件事，我會徹底對抗到底，妳明白了嗎？』

『……嗯。』

『請留下連絡方式。』

應該是遞出某些書寫工具，要高嶋由希子寫下。一段沉默之後，雅紀結束了會談。

『那麼，妳請回吧。父親的喪禮告一段落後，我會連絡妳，到時再請妳告知匯款帳戶。那麼，我應該不會再見到妳了吧？』

高嶋由希子似乎點頭了。

『我這麼期望。』雅紀說。

門開關的聲音。

『雅紀先生，這樣對令尊太……這是名譽問題。』

『我知道你想說什麼。可是宇野，搞不好我父親多少有那麼一點想要跟她結婚的念頭。』

『那女人，我連看都沒看過。』

『就算是你，跟我父親在一起的時間也有限。而且我父親應該會瞞著那女人的事。』

『可是……』

『家裡應該有我父親送給我母親的訂婚戒指。是我父親還年輕的時候送給我母親的廉價戒指。我本來想要放進棺材裡，找遍了整個家，卻怎麼樣都找不到。搞不好我父親把它送給那女人了。』

『這不可能。安西先生對過世的夫人是打從心底……』

『我知道，我明白。但事實上家裡就找不到戒指。那是一只廉價的紅寶石戒指，對我父親來說，是充滿回憶的紀念品，他不可能丟掉，而且也不值錢。即使是一時鬼迷心竅，但如果我父親把戒指給了那女人，事情就更麻煩了。如果能在這裡用五百萬解決，才算聰明。抱歉，把你拉進這渾水。』

一段停頓後，是門開關的聲音。

『怎麼可能……』

是宇野的聲音。與其說是生氣，聽起來更像茫然。

『絕對不可能。』

同樣的聲音又說。接著又是開關門的聲音。應該是宇野離開的聲音。接下來是一片靜默。

祐太郎吐出憋住的氣，拿起手機停止播放。

「不愧是大公司的部長，六分鐘就搞定了。」

祐太郎向圭司出示手機畫面上的播放時間說。

「六分鐘五百萬。」圭司應道。「算不算高明，有點微妙。」

「安西顧問委託刪除的，會是跟那位高嶋女士有關的資料嗎？」

「我怎麼會知道？」

「啊，你不先看過就要刪掉嗎？」

「所以呢？」圭司不悅地應道。

「可是如果舞小姐知道這件事，一定會想看那資料吧？而且也跟遺產問題有關。你要拒絕舞小姐嗎？萬一『坂上法律事務所』不再跟這裡合作，『dele.LIFE』還混得下去嗎？」

圭司應該也明白這一點。他憤憤地咂了一下舌頭，嘆了一口氣：

「你只是自己想看而已吧？」

「才不是呢。」

「真麻煩。」

圭司又嘖了一聲，操作土撥鼠。

安西達雄臨死之際，究竟想要抹消什麼？

祐太郎想要探頭看畫面，額頭被彈了一下。

「礙事。你會害我分心。」

圭司瞪著螢幕，左手指著正前方。好像是在指門，但也可以解釋為沙發。

「好啦，我乖乖等就是了。」

祐太郎氣呼呼地喃喃道，在沙發坐下。圭司沒有埋怨什麼，專注於操作土撥鼠，偶爾傳來「嗯」的低喃，或是哼聲，表情也一直很凝重，一刻都沒有放鬆。祐太郎也能看出內容似乎相當出人意表。

過了一小時以上，圭司才從土撥鼠抬起頭來。

「啊，你還在啊？」

圭司看見躺在沙發上的祐太郎說。

「太過分了吧？你叫我在這裡等，我才乖乖地坐著等啊。」

「我嗎？我有說嗎？」

「連這都忘了？」

祐太郎不滿地說，走到辦公桌前。圭司嫌煩地揮揮手，把螢幕轉向祐太郎。

「安西委託刪除的，是電腦資料夾裡的照片。設定為手機或電腦二十四小時未被操作就刪除。」

「照片？噢，色情照嗎？」

圭司伸手點了點觸控板，打開資料夾。螢幕出現一排排的預覽圖示。即使從預覽小圖，也可以看出不是那類照片。祐太郎在圭司催促下，一張張確定內容。每一張都是生活照，地點似乎是高原的別墅。祐太郎立刻也驚呼起來：

「啊，咦？另一個女人？安西顧問還有另一個女人？」

幾乎所有的照片拍的都是同一個女人。年近三十，個子高佻，氣質高雅。很多照片不是戴著帽子就是墨鏡，但仍看得出相當貌美。有些是和安西達雄兩個人的合照，也有一張是安西一個人的獨照。

「從照片資訊來看，最早的是一年半前，最新的是兩個月前。」

照片的地點看起來都一樣。老舊的木長椅、紅磚立水栓，不同的季節盛開著不同的花朵。兩人應該是在不同的季節拜訪同一個地點。是他們的回憶之地嗎？

「安西顧問有兩個外遇對象？」

祐太郎說出想到的推論。

「安西在兩年前喪妻，所以不叫『外遇』。」

「啊，對喔。那就是女朋友。腳踏兩條船？天哪，安西顧問真有一手。」

祐太郎忍不住覺得好玩地說，但圭司冷冷地回道：

「一個七十四歲的老頭，會有兩個女朋友？而且年紀比自己的兒子還小，其中一個還是媲美模特兒的美女耶？安西在妻子過世短短半年後，就交到這樣一個大美女？」

「可是，」祐太郎指著螢幕說。「這不就是那種照片嗎？」

這些照片只能如此解讀。

「不對，這些照片顯示的是，有名美女接近喪妻的有錢老頭。然後就在今天的守靈，出現了另一個想要騙錢的女人。」

「唉……」祐太郎垮下肩膀。「安西顧問真可憐。」

圭司點擊土撥鼠的觸控板，印表機動了起來。祐太郎拿起印出來的三張照片。一張是戴墨鏡的女子扶著紅磚立水栓站立的照片；另一張應該是安西的得意之作，女子頭戴軟簷白帽，一襲白洋裝，站在白花盛開的樹下。她看著鏡頭，一臉靦腆的笑，完全就像是女星的寫真照。最後一張似乎是用定時器拍的，是女人和安西並坐在長椅上的照片。

「如果有兩名情婦，應該也要有高嶋由希子的照片才對。但資料夾裡只有這個女人的照片。安西的情婦不是高嶋由希子，而是這個女人。」

「這兩個女人是什麼關係？」

「高嶋由希子是什麼人？照片裡的美女是什麼人？她們兩個和安西是什麼關係？兩個女人有關聯嗎？我要來調查這些，你呢？坐在沙發等嗎？」

「啊，不，如果我會礙到你，先告退好了。」

祐太郎「嘿嘿」一笑，但圭司已經沒在看他了。祐太郎說了聲「我告辭了」，打道回府。

回到根津的住家時，屋裡亮著燈。祖母過世以後，祐太郎一個人住在這裡，會任意闖進去的只有一個人。不出所料，藤倉遙那正呈大字形癱在榻榻米上，肚子上坐著小玉先生。他把家裡的鑰匙打了一份給遙那，免得哪天自己沒辦法回家時，有人可以照顧小玉先生。

「啊，祐哥，你回來了。」

祐太郎抽掉領帶，脫掉外套，所以遙那似乎沒發現那是喪服。

「嗯，好久不見。」

祐太郎站在躺臥的遙那的頭旁邊，上下顛倒地俯視她的臉。遙那是祐太郎以前的家的隔壁鄰居，也是妹妹的同學，常來家裡玩。鼻頭尖尖、長相神氣的小女孩，令人發噱地就這樣原封不動地長大，變成了一個鼻頭尖尖、長相神氣的二十三歲小姐。

「嗯？妳很累嗎？」祐太郎問。

「還好。」遙那說，慵懶地舉手。「如果你願意做好吃的豬排給我，我就找出你的三個優點，大力稱頌一番。」

她指著桌上的塑膠袋說，裡面裝著豬肉。祐太郎先上二樓換了家居服，再走進廚房，挽袖洗手，用餐巾紙吸去豬肉表面的水分，用刀尖剔除筋的部分。

「今天又有病患死掉了。」

祐太郎回頭。遙那用雙手抬起肚子上的小玉先生，就像在比賽瞪眼似地瞅著牠看。小玉先生求救似地看著祐太郎。

「那裡是醫院，有些人會痊癒，也有些人沒辦法。」

祐太郎想起剛才的守靈式說。

「嗯，要是每次都這樣沮喪，會沒完沒了。我知道。」

祐太郎繼續著手做菜。在肉上灑上胡椒鹽，加熱平底鍋。

「病患才過世沒多久，主治醫生就問我有沒有男朋友。」

祐太郎回頭。遙那又在向小玉先生挑戰瞪眼，小玉先生又向祐太郎求救。

「這樣。」祐太郎應道。

「這算什麼問題嘛？我有沒有男朋友、是第幾任男朋友、一星期做愛幾次，為什麼非要挑那種時間問這種問題？」

把豬肉放進平底鍋裡，發出悅耳的滋滋聲響，接著冒出撲鼻的香氣。

「醫生那樣問妳？」

「他只有問第一個問題啦，不過他就是想知道這種事不是嗎？想像我跟男友翻雲覆雨的樣子。」

「翻雲覆雨。」祐太郎苦笑。

妹妹的時間停留在國中，但遙那的時間還在繼續。即使明白，有時祐太郎還是會把遙那封閉在妹妹的時間裡。這中間的落差，讓他只能一個人暗自苦笑。

「每個人排遣悲傷和遺憾的方法都不一樣。也有人想要捉弄新進護士，來逃避難過吧。」

祐太郎把肉翻過來回頭望去，遙那正仰望著天花板，獲釋的小玉先生正逃向祐太郎的腳邊。

「祐哥把人想得太美好了。」過一會兒後，遙那說。

「也許吧。」祐太郎點點頭。「冷凍庫裡面有冷凍的剩飯，幫我微波一下。」

祐太郎完成豬排，做了簡單的沙拉，擺在餐桌上，也為小玉先生準備好食物後，大家一起開動。用餐期間，遙那的表情漸漸緩和下來。從小開始，遙那的胃袋和情緒就密不可分。

「祐哥，你現在在做什麼工作？」

「在公司上班。資訊業。」

「咦？你在開玩笑嗎？」

「我是說正經的，嚇到妳了對吧？不過公司裡就只有社長跟我兩個人而已啦。」

「是喔？那社長人好嗎？」

「不曉得，不過應該不是壞人。」

「為什麼這樣覺得？」

被這麼一問，祐太郎想了一下：

「因為如果他想要做壞事，一定可以做出非常殘忍的事情來。」

「比方說什麼事？」

「揭發別人的祕密之類的。」

遙那似乎盯著天花板想像起來。

「是喔，很可怕呢。」

然後她拉回視線，繼續吃飯。祐太郎覺得似乎給了她錯誤的印象，不過也不知道該怎麼訂正，改變話題：

「妳呢?妳爸跟妳媽都好嗎?」

「很好啊。獨生女離開了，他們兩個成天四處出遊，所以就算我回家，也沒人跟我一起吃飯。」

「是沒人幫妳做飯吧?」

「這也是一部分。」遙那點點頭，咧嘴一笑。是和小時候一模一樣的神氣笑容。小時候這張笑容的旁邊，總是還有著另一張燦爛的笑容。不意間，祐太郎感到一陣苦悶，藉由回笑來掩飾過去。

吃完飯後，遙那和小玉先生玩了一個小時，在玄關說「會做好吃的豬排，還會做好吃的沙拉，洗碗速度又超快，好厲害!好厲害!祐哥超厲害!」然後鼓掌六下回去了。感覺像是來看祐太郎的，也像是來讓祐太郎看她的，或是來跟小玉先生玩的。不過祐太郎覺得其實她是來看妹妹的。每次遙那回去以後，祐太郎總是覺得家裡少了兩個人的氣息。

「妳有個很棒的朋友。」

祐太郎喃喃，懷裡的小玉先生「喵」地打了個哈欠。

隔天早上，祐太郎到事務所報到時，圭司正在辦公桌上托著腮幫子。身上的衣物和昨天道別時穿的一樣。望向祐太郎的眼睛布滿血絲，看來是熬了一整夜工作。

「呃，查到什麼了嗎？」祐太郎來到辦公桌前問。

「嗯，關於高嶋由希子，大概都查清楚了。」

圭司慵懶地說，將並排的三台螢幕中的一台轉向祐太郎。

「電腦裡有寄給安西的郵件。連任職的公司都寫在上面，所以一搜尋就查到了。是這個女人吧？」

螢幕上是「浮田葬儀社」的公司網站。有一頁是以照片說明喪禮流程和禮節，拍到了幾名員工，其中之一就是昨天的女人。

「啊，嗯。對，就是這個人。」祐太郎點點頭。

其他頁面有員工簡介。高嶋由希子，葬儀指導人員一級。

「原來是殯葬業的。昨天守靈的公司嗎？」

「不是。昨天的守靈和今天的告別式，是其他殯葬業者辦的。高嶋由希子任職的

『浮田葬儀社』是兩年前替安西太太舉辦喪禮的公司。」

「噢，安西顧問是喪主，是在那時候認識的嗎？」

「應該吧。不過這女人非常惡質。」

圭司把土撥鼠拉過去，敲打鍵盤後，將螢幕轉向祐太郎。上面是幾封郵件。最早的是兩年前，喪禮剛結束後，高嶋由希子寄給安西的。

「一開始是禮貌性的郵件，喪禮結束後的問候。接下來是關於法事的建議，然後是各時節問候近況的郵件。不過到這裡，都還可以視為業務信函，是為了留住客戶，希望客戶辦法事和法會時找自己的公司。」

圭司逐一打開畫面上的郵件。

「內容非常得體有禮，季節變換的時候，看，還會引用詩人中原中也的詩句，透露自己的學養，很有看頭。安西每次也都認真回信。然後從一週年忌的時候開始，郵件的文章漸漸出現變化。」

祐太郎讀起螢幕上的郵件內容。電子信箱從公司的變成免費信箱，提到假日去哪裡玩的私事。下一封郵件則聊到喜歡的電影。

「寄信次數愈來愈頻繁，內容也愈來愈私密。」

自己曾經離過婚，對男性感到膽怯，但有時還是會想要再和男性交往看看。如果下次要戀愛，想要找個年紀大自己許多、穩重成熟的男人。高嶋由希子在多封郵件中提到這樣的內容。

「真厲害。」

祐太郎大略讀完這些信，佩服不已。

「花上這麼多的時間和工夫，男人一定會被打動呢。」

「更別說是個失去老伴的孤單老人，肯定不堪一擊。」

「安西顧問也是嗎？」

「但安西沒有上鉤。」

圭司在螢幕打開不同的郵件內容。是安西寫給高嶋由希子的回信。上面簡潔地寫道一周年忌結束了，他的喪妻之痛也平復了，請高嶋由希子不必再為他費心。但高嶋由希子仍持續寄信給他，他回信說自己的眼睛嚴重疲勞，打開電腦的時間也減少了，即使收到來信，可能也難以回覆。

「但此後高嶋由希子仍持續去信。安西大概每三封會回覆一封，但上個月終於以頗為強硬的語氣拒絕說他要住院了，沒辦法再回信，請她不要再連絡了。但後來高嶋由希子還是寄信詢問他的身體狀況，不過安西完全沒有回信。」

「做到這種地步，總覺得好像跟蹤狂呢。」

「安西應該就是這麼感覺吧。不過高嶋由希子的目標不是安西，而是錢。」

「那她說的結婚證書呢？」

「應該就像兒子雅紀說的，是高嶋由希子擅自填好拿去公所的吧。結婚證書只要提交，公所就會受理。如果送去安西的本籍地所在的公所，甚至不需要戶籍謄本。」

「她怎麼會知道安西顧問的本籍地在哪？」

「妻子過世時，安西應該有辦理死亡登記。死亡登記文件上必須填寫提出人的本籍，葬儀社也會在這類手續上提供建議，應該是在那時候得知的。」

「這樣就擅自交出結婚證書喔？太過分了吧。」

「她比你想像的更惡質多了。高嶋由希子八成一直盯著醫院。」

「咦？」

「最後一封信裡，安西有些自虐地提到他希望能和妻子在同一個地方離世。他這次住院，應該已經有了心理準備，也算是對死纏爛打的高嶋由希子宣告，叫她別再繼續糾纏。但如果是辦理他太太喪禮的葬儀社人員，應該可以從這話推測出安西在哪裡住院。高嶋由希子定期監視著住院的安西。她掌握安西的病況，在恰當的時機提出結婚證書，等他一死，就調查喪禮的日期，闖進會場。否則她不可能出現在守靈會場上。」

「所以她說三番兩次去探病，也不全是謊話囉。原來如此。花了這麼多心血，才拿到一百萬實在太虧了，所以才會獅子大開口啊。」

「她本來應該想要撈更多吧。也許是真心想要掠奪遺產。然而她沒料到兒子雅紀是個超乎想像的老江湖。萬一鬧上法庭，勝算薄弱。別說打贏官司了，搞不好還會被反告其他罪行。高嶋由希子應該利用葬儀社員工的身分，幹過不少類似的勾當。以初犯而言，手法太嫻熟了。」

由於喪妻，安西達雄與反覆進行類似騙婚行為的女子高嶋由希子認識了。

「原來如此。遇到這種人，安西顧問也真是太衰了。」

這下就瞭解安西達雄與高嶋由希子的關係了。那麼，照片上的女人跟這件事又有何關聯？祐太郎看看圭司，要求說明，圭司的眼神頓時一片陰沉。

「嗯，問題是這女人，我知道。」

圭司把螢幕轉回自己那裡，以充血的眼睛盯著。

「這個女人是安西真正的情婦。從照片來看，應該是這樣才對，然而安西的電腦裡面，完全沒有關於這女人的蛛絲馬跡。我也查了安西自己刪除的資料，卻沒有半點關於這女人的東西。」

圭司不悅地戳了戳顯示女人照片的土撥鼠螢幕。

「不光是電腦，直到剛才，安西的手機都還是開機狀態，所以我也查了一下那邊，但完全沒有那女人的資料。沒有寄給她的郵件，也沒有她寄來的郵件，沒有通話記錄，不僅如此，通訊錄上連疑似的姓名也沒有。安西不使用通訊軟體，也不上社群網站，那麼這個女人究竟是怎麼和安西連絡的？」

「住家電話嗎？」祐太郎說。

祐太郎沒有自信，但圭司粗魯地點點頭：

「我也這麼猜想。或者說，只剩下這個可能性了。可是，為什麼只用住家電話連絡？有時候在外頭應該會想要打手機，或是用郵件連絡吧？為什麼安西堅持只用住家電話跟這個女人連絡？」

「我哪知道？」

「還有一個。我找到有意思的影片。」

圭司操作土撥鼠，又把螢幕轉向祐太郎。影片從男人的臉部特寫開始，從服裝可以看出是宅配人員。幾秒鐘後，男子從畫面消失，影片也結束了。緊接著是下一段影片，上面戴安全帽的男子疑似郵差。

「這是什麼？」

「安西家的門鈴監視器畫面。門鈴有防盜功能，只要有人按下門鈴，就會開始自動錄影。錄下的影片會傳到硬碟和電腦。這是昨天那個看護吧？」

接在郵差之後出現的，是昨天見到的宇野。

「啊，對，這就是宇野。」

接下來也不斷地出現各名訪客。畫面底下有日期和時間，可以看出安西家每隔兩、三天才會有一次訪客，幾乎都是宇野，其餘則是宅配業者、郵差，偶爾幾次是疑似推銷員的人。

「設定是硬碟滿了，就會從舊的開始刪除，但因為幾乎沒什麼訪客，連很久以前的都還留著。不過還是沒有這個女人。換句話說，這個女人從來沒有去過安西家。」

「真有趣。」祐太郎忍不住喃喃。

「什麼東西有趣？」圭司不悅地反問。

「噢，沒有啦，就是比方說手機。」

「手機？」

「嗯，手機不是會說話嗎？Ｓｉｒｉ什麼的，會像人一樣跟你聊天。還有，我是沒在玩啦，不過不是有很多人沉迷於那類角色養成的遊戲嗎？其他也有些時候，會覺得單純的數位資料就像活生生的人一樣。」

「所以呢？」

「反過來說，沒有數位資料的話，即使明明是活人，也會覺得好像不存在。就像這個人一樣，除了安西顧問的資料夾以外，到處都找不到她的蹤跡，就好像只存在於照片裡。感覺如果我們刪掉了安西顧問的資料夾，這個人就會從世上徹底消失不見了。」

瞬間圭司露出錯愕的表情，但立刻擺出受不了的樣子，冷哼一聲：

「這女的當然存在。她躲在某處，計畫著什麼。」

「計畫著什麼？」

「所以才會把自己藏得這麼好吧？這個女的長達一年半之間，與安西交往，卻小心翼翼、完美地隱藏自己。跟這個女的相比，兩三下就被查出身分的高嶋由希子根本就是小兒科。雖然不知道這個女的想做什麼，不過我要在她行動之前擊垮她。首先是告別式。喏，你回家換上喪服，去參加告別式。」

圭司「噓、噓」趕人，祐太郎打開事務所的門後，回頭看圭司：

「呃，社長，可是這女的會來嗎？」

圭司在辦公桌後面瞪了祐太郎一眼，立刻別開視線：

「有狀況立刻連絡，我查到什麼會連絡你。我要先去睡了。」

這讓祐太郎得知，對於女人是否會現身，圭司似乎也沒多大的把握。只是也沒有其他線索了。

「辛苦了。我走了。」

圭司再次「噓、噓」趕人，祐太郎離開事務所。

告別式在昨天辦守靈的殯葬會館舉行。祐太郎站在櫃台附近，一一查看前來的弔客。他提防著不能被雅紀和宇野看見，但雅紀是喪主，不會到櫃台來，也沒看見宇野的人影。舞帶著像是職員的一名男子前來弔喪。

舞發現祐太郎，走過來低聲說道。

「我大概聽說了。」

「總之先抓住那個女的。」

「遵命。」祐太郎點點頭。

與不少客人姍姍來遲的守靈不同，告別式開始時間的十一點一過，就沒有半名弔客再進來了。祐太郎走出建築物，檢查手機，但圭司沒有連絡。祐太郎繼續在大門附近等待，但最後告別式都結束了，女人還是沒有現身。祐太郎在稍遠處看著棺木被抬上會館前的靈車。雅紀開始向參加者致詞。祐太郎把目光別開，免得和雅紀對望，這時他發現了。

遠方停車場另一頭，殯葬會館的園區入口處，站著一名女子，全身清一色白，與喪葬場合格格不入。白帽、白洋裝、白色包鞋。長長的黑髮隨風飄動。不久後，她深深地低下頭來行禮。祐太郎望向她的視線前方。靈車發出「嗡」的喇叭聲，參加者同時合掌，靈車慢慢地往前駛去。被這一連串動作轉移注意力的祐太郎再次回頭時，白衣女子已經消失無蹤了。

祐太郎急忙往那裡跑去。他衝出園區，環顧馬路，卻不見女人身影。他往右跑了一段路，轉念一想，又往反方向跑了出去，但很快就放棄了。完全沒有女人的蹤影。祐太郎忍不住仰頭望天，載著安西達雄遺體的靈車從旁邊駛離。

祐太郎掏出手機：

「女人來了，可是被她跑了。啊，不對，她沒有跑，是我沒盯好。」

『她來做什麼？』

「不知道，好像只是遠遠地目送出殯。」

『這樣。嗯，不錯啊，至少確定這女人真實存在。』圭司說。

「現在怎麼辦？」

『看這樣子，至少她暫時不打算採取什麼激烈行動吧。我們瞎忙也不是辦法，你先回來吧。』

「呃，你不生氣嗎？」

『我對你生氣，又能改變狀況嗎？』

圭司受不了地說。

祐太郎回去事務所，和圭司討論了一下，去安西的住家附近四處走動，卻找不到關於女人的線索。圭司再次徹底調查安西電腦裡的資料，但依舊徒勞無功。

「毫無線索嗎？」祐太郎說。

「如果往後平安無事，那就沒問題了，但總覺得不太放心。」圭司嘆氣。

「資料呢？要刪掉嗎？」

「火葬都結束了，當然。」

圭司說道，操作土撥鼠，刪去資料夾。昨天圭司印出來的三張照片放在桌上。祐太郎覺得女人彷彿從一開始就只存在於這些照片當中。

就在隔天，高嶋由希子上了網路新聞。

『昨晚十點左右，一名女子於下班途中，於澀谷區遭到路過的另一名女子刺傷，送醫後不治死亡。死者是該區的上班族高嶋由希子，三十一歲。送醫途中，高嶋向急救人員表示是被一名陌生女子突然刺傷。目擊者表示，原本走在高嶋前方的女子在高嶋擦身而過之後，持刀從後方刺向高嶋的腰部，然後逃走。傷人的女子年約二、三十歲，身高約一六五公分，身穿白色洋裝，頭戴白帽。警方視為隨機殺傷案，正在追查女子的下落。』

看完網路報導，祐太郎望向圭司。圭司把新聞網站的畫面轉向來上班的祐太郎後，就一直臭著臉對著牆壁丟棒球。

「為什麼照片的女人要刺殺高嶋由希子？」祐太郎問。

「高嶋由希子覬覦安西的財產，單方面接近安西。女人從安西那裡得知這件事，把高嶋由希子視為眼中釘。」

圭司把球拋向牆壁說。球撞到牆壁，在地板反彈了兩下，回到圭司胸前。

「這樣就拿刀刺人喔？」祐太郎說。

「一般是不會吧。如果安西還活著，或許還有可能，但人都死了，沒理由刺傷人。如果有理由，就是對高嶋由希子後來的行動感到氣憤。高嶋由希子撇下真正的情婦，以安西的妻子自居，向家人勒索錢財。這樣一來，就算女人接著想要索討金錢，也不可能順利了。所以她氣昏了頭，或者是為了這筆錢起了糾紛。」

圭司就像機器人一樣重複相同的動作，以相同的動作被拋出去的球，畫出相同的軌道回到圭司胸前。

「嗯。可是……」

「對。不過知道高嶋由希子向家屬要錢的人不多。你、安西雅紀，還有看護宇野，只有這三個人。這三個人裡面，有人認識照片的女人。那會是誰？」

「宇野嗎？」

「從狀況來看應該是。但是，宇野跟這個女人怎麼會認識？是什麼關係？他們是共犯，其實本來有更大的企圖嗎？」

「我哪知道？啊，這麼說來，宇野沒有去參加告別式。」

圭司不再朝牆壁投球，看向祐太郎：

「宇野沒去？」

「萬一被安西顧問的兒子和宇野發現，問起我的身分就麻煩了，所以我一直留意要避開他們兩個。如果問我宇野是不是絕對沒去，我是不敢斷定，不過眾人目送出殯的時候，他確實不在場。」

「宇野偷偷跟這個女人見面嗎？女人在那時候從宇野那裡聽到高嶋由希子的事，萌生殺意，在她下班途中刺殺她。」

「唔……可是女人有來參加告別式。就算他們私底下偷偷見面，宇野來參加告別式應該也不會怎麼樣啊？」

圭司點點頭，繼續朝牆壁投球。

「即使和女人見面，應該也可以參加告別式的宇野沒有來。比親生兒子更親近最近的安西的宇野沒有來……」

圭司一把接住同樣反彈了兩下回來的球，說：

「不，他也來了？」

「呃，我是覺得他沒來啦。」

祐太郎說，但圭司不理他，取出女人照片的其中一張，細細端詳後，遞向祐太郎。是兩張女人的獨照中，戴著帽子的那張。長相拍得還算清楚。

「掃描器。」

圭司指示，自己轉向土撥鼠。祐太郎把接過來的照片放進列表機旁的掃描器，望向土撥鼠的螢幕，圭司正打開某些軟體，將門鈴監視器拍下的宇野的臉掃瞄進去。

「那是什麼？」

「人臉辨識軟體。從臉部輪廓分析臉頰和下巴的骨格形狀，鎖定五官的座標位置。」圭司說明著，也將女人的照片掃進軟體。「我要用它判定是否為同一張臉。」

軟體開始分析兩張臉。臉部輪廓、眼頭、眼尾、鼻頭、眉心、唇角、耳朵上端與下端。將這些以線連結在一起，畫出一張宛如死亡面具的圖像。

「精確度沒那麼高，不過這種程度的比對，不會判定錯誤。」

不久後，軟體完成兩張死亡面具，並判定屬於同一個人。

「咦？這……」

「沒錯，這兩個人是同一個人。宇野就是相片裡的女人。」

「嗄？什麼？宇野是女的嗎？」

「我應該不是這個意思吧？」

圭司將撥號到某處的手機遞給祐太郎：

「如果是宇野的資料，安西的電腦裡有一大堆。這是他任職的到府看護事務所，你確定一下他有沒有去上班。」

「啊，喔，好。」

祐太郎冒充以前的客戶家屬，問出宇野今天缺勤。

「不是請假，而是缺勤，應該是本來要上班卻沒有去。」

圭司從祐太郎那裡接過手機，轉動輪圈，移動輪椅。

「去宇野家。在世田谷。」

祐太郎和圭司坐車前往世田谷。宇野的住處位在距離車站一小段路程的大公園旁的單身人士專用公寓。是二層樓公寓的二樓，當然沒有電梯。祐太郎把圭司留在車子裡，一個人前往房間。按門鈴也無人應答，門內也沒有人的動靜。祐太郎取出手機，轉告圭司。

『門鎖打得開嗎？』

祐太郎交互看了看門鎖和門板。建築物本身施工頗為簡陋，但門鎖不是可以輕易打開的廉價鎖。

「也不是打不開，不過拿鐵撬撬開比較快。要嗎？」

『如果有鐵撬的話。』

「呃，我是沒有啦。」

電話傳來「嘖」的聲音，就像故意要讓祐太郎聽到。

『我先掛斷，你把耳朵貼在門上。』

祐太郎把耳朵貼在門上，什麼事也沒發生。不一會兒圭司打來了。

『我剛才打電話到宇野的手機，有聽到鈴聲嗎？』

「沒有，沒聲音。」

『那不在裡面。宇野不在家。你回來吧。』

門板很薄，即使只有振動音，應該也聽得到。祐太郎回到車上。

「接下來去哪？」

「安西家。」圭司答道。「宇野殺了人，能逃亡的地點應該不多。他是看護，有安西家的鑰匙也不奇怪。」

祐太郎駕車前往，約三十分鐘就抵達安西的住家了。他在稍遠的馬路旁停下車子，推下圭司的輪椅。

「那是斜坡板，帶著吧。」

圭司指著堆在後車廂像橫長狀硬殼公事包的東西。祐太郎帶著它，與圭司一同前往安西家。寬闊的馬路兩旁，宏偉的邸第林立。馬路右邊應該是南方，右側房屋鄰近馬路，而左側的房屋與馬路中間隔著寬廣的庭園。安西家在右手邊，從馬路只隔了停車位的空間，就是玄關。祐太郎沒有按門鈴，直接前往玄關，輕輕拉動玄關門把。

「沒鎖。」

圭司點點頭，祐太郎靜靜地打開玄關門。如果屋裡的是兒子雅紀，就百口莫辯了，但整齊地擺放在脫鞋處的鞋子，是一雙白色包鞋。祐太郎和圭司交換眼色。硬殼公事包狀的物體攤開後，就成了約一公尺半的斜坡。祐太郎用它將圭司的輪椅推入屋內，重新疊好斜坡，自己也脫了鞋，安靜地進入屋內。

打開門廳前的門，裡面是偌大的客廳。窗簾拉上了，光線陰暗。客廳沙發上躺著一名穿白色洋裝的人。乍看之下完全是女人，但走近仔細端詳，皮膚是男人的，嘴周也淡淡地冒出了一層鬍渣。一旁掉落著白帽和長長的黑色假髮。交疊在腹部的雙手，左手無名指上戴著戒指。祐太郎回頭，圭司點了一下頭。

「宇野？」

祐太郎提心吊膽地喚道。宇野睜眼，看見俯視自己的祐太郎，瞬間露出困擾的表情，但很快便淡淡地微笑：

「啊，你是……不，我不知道你的名字呢。」

宇野說著，爬了起來，在沙發上坐好。他也注意到圭司，微微行禮。

「我叫真柴，真柴祐太郎。他是坂上圭司。」

「你們是誰？」

宇野不是逼問，而是微微歪著頭，純粹不解地問道。重新拉開距離後，看在祐太郎眼中，他的動作完全就是個女人。祐太郎不知該如何回答，圭司應道：

「安西達雄先生委託我們工作。」

「安西先生？什麼工作？」

「就是你。安西先生委託我們把你從他的人生當中刪除。」

圭司的話令宇野一陣茫然，接著只有嘴唇露出笑容：

「我？我跟安西先生的人生本來就毫無關係，根本用不著刪除吧。我只是個看護罷了。」

「你這身打扮，不像個普通的看護。」

「那是因為你們認為我是男人。如果我是女人，這身打扮會奇怪嗎？」

被正面迎視著這麼一問，圭司有些退縮了。但宇野沒有繼續咄咄逼人。

「嗯，我明白，很奇怪對吧？不過對我而言，這個樣子才是自然的。安西先生發現這件事，叫我做我自己就好。說在他面前，表現出我真實的模樣也無所謂。」

「跨性別？」

「如果你喜歡這樣稱呼，就這麼稱呼吧。對我而言，我就是這樣，如此而已。」

宇野和圭司注視著彼此。先別開目光的是圭司。祐太郎覺得呼吸困難，想要讓空氣流通一下，走到陽台門邊，打開窗簾。陽光射入房間裡。他把外面一層蕾絲窗簾也拉開，伸手就要開玻璃門時，忍不住驚呼：

「啊……」

玻璃門外是寬闊的庭園。草地上有著老舊的木長椅，角落是紅磚風格的立水栓。現在沒有花朵綻放，但他對正面的樹木有印象。

祐太郎回頭看圭司，圭司也在看庭園。圭司將視線轉回宇野說：

「因為安西先生同意，所以你來到這裡，就會扮成女人的樣子。」

「對，只有在這裡，只有在安西先生面前，我才能做我自己。」

「你為什麼刺殺高嶋由希子？」

宇野望了圭司一眼後，視線落向自己的手。右手覆住左手，就像要藏住戒指。

「因為那實在太荒謬了。安西先生是個人品高尚的人，也深愛著他過世的夫人。然而那個女人卻玷汙了安西先生人生的最後一程，還玷汙了他對夫人的愛。她毫無權利，全都是為了錢。這教我怎麼看得下去？」

「你喜歡安西顧問對吧？」

祐太郎說，宇野尖聲反駁：

「請不要胡言亂語。你這話才是對安西先生的侮辱。安西先生不是我這種人能說什麼喜歡的對象。」

「怎麼，你沒向他表白？太可惜了。」

「什麼可惜……」

宇野本來要反駁，卻露出苦笑，就像不知道該拿幼稚的孩子怎麼辦才好。

「因為，你手上的戒指，」祐太郎說。「那是安西顧問以前送給他太太的戒指。那是他送給你的吧？」

「不是的、不是的。」宇野搖頭。「這是拍照的時候，安西先生一時興起，借給我戴的而已。他說應該很適合，雖然是便宜貨，不過戴戴看怎麼樣？然後為我戴上戒指，拍了照，結果我就這樣忘了歸還，不小心帶回家了。」

「你把它帶回家，沒有歸還。因為安西顧問送你戒指，讓你太開心了。」

「不對。他不是我這種人可以愛慕的對象……」

「那，為什麼安西顧問沒有叫你還給他？」

「那是、安西先生一定也忘了……」

「怎麼可能？那是他送給夫人，意義非凡的戒指，不可能忘記。安西顧問之所以沒有要你還給他，是因為他希望你留著它。」

「就算是這樣，那也是出於同情，安西先生可憐從來沒有人送戒指的我……」

「要是這樣，他應該會買新的給你。一般人不會出於同情，就把珍藏的戒指送給別人。安西顧問是——」

「住口！」

宇野叫道，站了起來。祐太郎默默地回視他，宇野就像要躲避他的眼神般，伸手掩住了臉，坐回沙發上。

「安西顧問是怎麼把那只戒指交給你的？」

祐太郎問，回應的聲音很虛弱：

「不要問了，求求你。」

「不可能是隨手扔給你的吧？那是珍貴的戒指，他應該是鄭重其事地交給你的。」

宇野雙手掩著臉，激動地搖頭。

「就像是送給珍愛的情人那樣、一定就像過去送給求婚對象那樣，執起你的手，親手把戒指套上你的手指。」

宇野泣不成聲。

「所以你才沒有歸還。」

「沒錯，安西先生就像是獻給心愛的女人那樣，為我戴上了戒指。我覺得不可能戴得進去，畢竟那是女戒，不可能套得進我的手指。然而戒指卻戴上去了，就好像是為我量身打造的一樣，分毫不差。然後……」

——你看，多合適啊。

「安西先生說，對我微笑。我想要永遠記住這一刻，所以沒有把戒指還給他。我不知道原來這是這麼珍貴的戒指。」

『怎麼可能……』、『絕對不可能』。

祐太郎想起宇野在休息室裡喃喃自語的話。原來那不是在說高嶋由希子，而是戒指。宇野第一次得知這只戒指具有如此重大的意義，整個人傻了。

「那是送給你的戒指。安西顧問為了把戒指送給你，特地修改了尺寸。他就是這麼喜歡你。」

好半晌之間，宇野一語不發。他坐在沙發上，趴在膝上似地抱著頭，來自窗外的陽光灑滿了他的全身。

「但安西先生還是想要把我從他的人生當中刪除對吧？」

終於，宇野慢吞吞地抬起頭來問祐太郎。

「具體來說，安西先生委託你們什麼事？」

好寂寞的笑容。祐太郎無法說出答案，不敢正視宇野。

「刪除照片。」圭司答道。「他委託我們把電腦中你的照片全部刪除。」

「這樣啊。」宇野點點頭。「果然還是覺得羞恥吧。萬一被人看到我的照片……」

「是啊，一定很羞恥。」

「圭司！」祐太郎抗議。

「安西先生都七十六歲了。都這把年紀了，卻迷戀上一名年輕女子。這對安西先生來說，一定也是難以容忍的事。但安西先生還是深切地愛著那個女人，甚至情不自禁地把以前送給太太的戒指轉送給她。安西先生一定對自己心中的這份熱情感到害臊不已。他不希望被任何人得知他的這份熱情。但是他在世的時候，下不了手刪除那女人的照片，所以才委託我們，希望自己死後，不會有任何人看到那些照片。安西先生對那個女人的感情，就是強烈到甚至令他如此羞恥。」

圭司望著庭園，語氣平靜地說。不知不覺間，宇野也望著庭園，聆聽他的話。祐太郎也看向庭園，想像兩人就像一對青澀的情侶，說著無法吐露真情的迂迴話語。

「不是為了安西先生。」宇野輕聲說道。「我會刺殺那女人，是出於嫉妒。就算是謊言，那個女的也成了安西先生的妻子。就算是謊言，那個女的也能叫安西先生『達雄』。就只因為她的性別。我好嫉妒她。」

祐太郎和圭司什麼也沒說。宇野也不想要回答。三人又默默地望了庭園一會兒。

「接下來你要怎麼做？」

片刻後圭司問。祐太郎看宇野。宇野淡淡地微笑，回看圭司。

「我也不曉得。要怎麼辦呢？」

「你來這裡做什麼？」

「歸還戒指。雅紀先生今天一整天得四處拜訪親戚致意，不會來這裡。我知道這件事，所以……」

「去自首吧。」「忘掉這件事吧。」祐太郎和圭司同時說。

「嗄？」祐太郎怪叫。

「警方在找的是穿白洋裝的女人。世上沒有那種女人。把這件事就這樣埋葬吧。」

「這樣好嗎？身為一個人——身為一個公民，你這樣建議不太對吧？」

「我們的工作是刪除白洋裝的女人。萬一你現在自首，白洋裝的女人就會公諸於世。我不樂見這種狀況。」

「那麼我自殺好了。找個偏僻的地方，盡量讓屍體不會被人發現。」

「嗯，這樣不錯。」

「圭司！」祐太郎大叫。

「呵呵。」宇野壓低聲音笑了。「你們兩位真有趣。」

宇野從沙發站起來，走到櫥櫃前。櫥櫃上的小花瓶插著一支已然枯萎的花。宇野抽出花來，將戒指套入藤蔓般的細莖，再次插回花瓶。戒指無法通過花瓶口，卡在上面。

「這是鐵線蓮，聽說是安西先生的夫人生前喜歡的花。」

宇野說完，就要走出客廳。

「啊，等一下！」祐太郎叫住他。「你不會自殺吧？他剛才說的是玩笑話。你是開玩笑的吧？」

「不，如果你能不為人知地死去，確實是最好的。」圭司滿不在乎地說。

「很遺憾，我不打算尋死。」

「我想也是。」圭司無趣地點點頭。

「如果安西先生多少曾經愛過我，那麼我就不能殺死他所愛過的我。白洋裝女人的事，總有辦法矇混過去的。我會對警方說，那是我生平第一次穿女裝，目的是為了混淆視聽，我身為安西先生的朋友，無法原諒汙衊了安西先生的那女人。」

「嗯，拜託了。」

「一起離開也很奇怪，我把家裡的鑰匙留在這裡。離開的時候，請你們把門鎖好，投進信箱。」

宇野微微行禮後，離開客廳。很快便傳來玄關門開關的聲音。祐太郎拿起櫥櫃上的鑰匙，看見套在枯花上的戒指。

「欸，圭司先生。」祐太郎用指頭彈了彈戒指問。「就只能有這樣的結局嗎？」

「這結局還不錯啊。至少對他來說還不錯。」

「是嗎？」

「要是奢求，可沒完沒了。好了，我們也走吧。」

「啊，好。」

「還有，你也差不多該統一一下稱呼了吧？圭司先生、圭司、社長、老大、所長。你其他還叫過圭司桑、大哥對吧？什麼大哥啊？」

又不是搞笑藝人——圭司嘀咕。

「哦，因為怎麼叫都不對勁啊。我該怎麼稱呼你才好？」

「圭（Kei）。」圭司推著輪椅說。

「圭先生？」

「叫圭就行了。也有人這麼叫我。」

祐太郎想起足球上的『to K』。

「圭。」祐太郎對著他的背影說。「啊，那你叫我祐哥好了。」

「憑什麼我要叫你『哥』？你就是你，我從頭到尾都是這麼叫你的吧？」

「咦，是嗎？」

圭司先離開客廳。祐太郎走近玻璃門準備關窗簾，望向無人的庭園。忽然間，他想像前方的樹木白花盛開的景象。

「喂，司機，走了。」

圭司的催促聲傳來。

「好！」

祐太郎靜靜地拉上窗簾，關上這片景象。

Stalker Blues

跟蹤狂藍調

祐太郎搭電梯下去地下室時，正好碰見舞從事務所的門走出來。祐太郎為走過來的舞按住即將關上的電梯門。舞偶爾會毫無預警地跑來地下的事務所，和圭司及祐太郎閒聊，再回去地上。今天好像是趁圭司一個人的時候過來。祐太郎難以想像這對姊弟單獨交談的情景。

「早。」

「妳好。」

祐太郎微微行禮，舞對他微笑，走進電梯。

「今天也別摸魚，好好幹活啊，新人。」

率性的口吻一如往常，然而擦身而過的時候，祐太郎覺得舞有些異於平常，卻又說不出是哪裡不對。

「怎麼了？」

見祐太郎按著門不動，舞問他說。她伸長脖子觀察祐太郎的表情，距離近得讓祐太郎一陣心慌，然後這才發現舞和平時的不同之處。

「啊，不，沒事。律師大人今天也辛苦了。」

「是啊，正義和金錢正在等我，先告辭囉。」

祐太郎放手，電梯門關上了。舞留下的香水味撩撥著鼻腔。祐太郎回想起舞剛才有些潮紅的表情。那怎麼想都是興奮的餘韻。

祐太郎往事務所走去，旁邊的門突然打開了。是圭司住處的房間。祐太郎眼尖地瞥見從裡面打開拉門的圭司臉上閃過一絲狼狽。

「早。」祐太郎說。

「已經不早了。」

圭司冷冷地應道，推著輪圈移動輪椅。祐太郎搶先打開事務所的門，按住門板迎入圭司。

房間裡有一抹香水味，和舞身上的味道一樣。祐太郎觀察繞到辦公桌另一頭的圭司。深藍色外套、淡藍色襯衫、髮型。就觀察到的來看，外表並沒有凌亂的地方。把舞留在事務所，自己回去住處房間，整理好外表之後再出來。而舞不等圭司回來，先回去自己的事務所了。祐太郎推測似乎是這麼一回事。

「我剛才遇到舞小姐。」

祐太郎盡量輕描淡寫地說。啟動桌上電腦的圭司臉上一陣輕微的緊張。

「所以呢？」

圭司看也不看他，眼睛緊盯著電腦螢幕，但聲音有著刺人的緊張感。

「噢，沒事，只是遇到她而已。」

祐太郎喃喃道，坐到沙發上。好半晌之間，只有敲打鍵盤的聲音在事務所中迴響。接著傳出一道深深的嘆息。祐太郎望向圭司。

「我不是跟你說過？她是個變態。」

圭司背靠在輪椅背上，表情有些自棄地說。祐太郎一時說不出話來。雖然想像過，但他還是需要一段時間，才能消化這個訊息。

「那是……呃……強迫的嗎？」祐太郎問。

「也不算強迫。如果要拒絕，也是可以拒絕。」

圭司放鬆脖子，仰望天花板。祐太郎找不到安慰的話。

「既然圭能接受，我無所謂。」

「我並沒有接受。」圭司臉頰扭曲地笑了。「這棟大樓是舞的，想想這裡的行情，咱們公司賺的錢，連房租都付不出來。」

「所以是當作房租？」

「也算啦。」

「可是，一般人會為了房租做到這種地步嗎？你們是親姊弟吧？」

「就因為是親兄弟，所以更要明算帳。照常理看，那根本不是我付得出來的金額，不過幸好舞是個變態，只要一個月依她一兩次就得了。」

「什麼變態，你們是血緣相繫的親姊弟吧？呃，唔，就算暫時撇開倫理道德、還是一般的戀愛感覺不談，要是會發展成那樣的關係，跟金錢什麼的無關，怎麼說，應該更那個、要有更強烈的感情衝動才對……」

祐太郎支支吾吾地語無倫次，圭司目不轉睛地瞪著他，又深深地嘆了一口氣，接著把手伸向辦公桌，抓起上面的棒球，以完全是「狠砸」的動作扔了過來。祐太郎急忙接住軌道不是拋物線而是直線的硬球。

「好痛！痛死我了！」

「你是怎樣？那什麼噁心的反應？夠了喔。那什麼一副要蹭上來說『我明白，我都懂』的態度？你誤會了啦。我還以為舞跟你說了，搞什麼，她都沒跟你說嗎？」

說的也是——圭司喃喃道，搖了搖頭。

「呃……咦？」

「還咦？你以為舞跟我怎樣？你以為血緣相繫的親姊弟幹了什麼好事？」

「呃，就，剛才舞小姐在這個房間對吧？舞小姐看起來有點像是興奮過後……」

「嗯，沒錯，我肯定你的觀察能力，不過接下來的想像力真是陳腐到了極點。你還是不要動你那顆漿糊腦袋比較好。什麼都別想，醒著的時候整天數羊就是了。」

「也就是說，你們不是那種關係？」

「不是。不准再給我想像那種噁心的事。光是想到你的腦袋裡面發生過那種事，就教人火冒三丈。」

「謝天謝地……哎唷，我還在煩惱往後該怎麼面對你們呢。咦？那，剛才舞小姐在這裡做什麼？」

祐太郎問著，把球拋回去給圭司時，土撥鼠醒來了。圭司接過呈拋物線飛來的球後，伸手把土撥鼠挪了過去。他瞪著液晶螢幕，手指飛快地在鍵盤和觸控板上跳動。他一進入這種狀態，就無法對話了。祐太郎覺得為了埋葬死者留下的資料而連接死者的數位裝置，對圭司來說是特別的作業。

「那個人一定身在『常世』。」

祖母的呢喃在耳畔響起。是剛搬去和祖母同住不久的事。他們偶然發現附近的老人家在路上遊蕩，把他送回家。

「什麼是『常世』？」

「恆常的世界，常世，也就是另一個世界。那個人的身體雖然還在這個世界，但心已經去了另一個世界了。」

「那就像是死後的世界嗎？」

「是更遙遠的世界。」

比死後的世界更遙遠的世界。當時祐太郎不懂那是個什麼樣的地方，現在依然無法想像。不過有時候祐太郎會想，操作土撥鼠時的圭司，是不是正在窺看著那個世界？

祐太郎從沙發站起來看牆邊的書架。架上的書不多。打開橫躺的厚書一看，裡面是英文。放回原位，掃視一看，這個書架放的似乎全是英文書。走到旁邊的書架，尋找日文的書背，從隨意打開的地方讀起。他捺著性子讀了一會，卻完全不懂作者想要表達什麼。他等圭司整理完資料，問他：

「這是什麼書？」

圭司抬頭，對著封面瞇起眼睛，答：「民事訴訟法。」

「是舞小姐的書嗎？」

「我爸的。我爸生前，這裡是他的書房。結束樓上事務所的工作後，他好像會來這裡讀他喜歡的書。他不太喜歡待在家裡。」

圭司環顧事務所說，表情像是在努力表現得無動於衷，但祐太郎無法看出他究竟是想要抹煞什麼樣的感情。

「這樣喔。」

祐太郎把書放回架上，走近辦公桌。圭司把土撥鼠的螢幕轉向祐太郎。

「委託人名叫和泉翔平，三十一歲，計時人員。透過網站委託。」

祐太郎看到「和泉翔平」四個字。從螢幕上的資訊來看，是約三個月前委託的。

「委託人設定為電腦和手機一百一十一個小時無人操作，就傳訊給土撥鼠。」

「一百一十一個小時？」

「一一一。是隨便設定的。可能是委託的時候沒有自己會死的真實感吧。應該是當做保險，委託安心的。總之你確定一下是否死亡。」

「打電話就行了嗎？」

「手機沒開機，簽約時也沒填住家電話。」

「他家在哪裡？」

圭司操作土撥鼠，從和泉翔平的電腦叫出網路書店的出貨記錄。地址在神奈川縣的川崎市。

「啊，還有這個。」圭司說，打開一封郵件。是打工地點寄的，附有該月的班表，由此可以看出和泉翔平在港區的手機行工作。

「這裡的電話多少？」

圭司立刻搜尋手機行的網站，顯示在螢幕上。祐太郎打到上面的號碼，詢問和泉翔平的事。但對方一知道祐太郎不是客人，便說「和泉今天休假」，單方面掛了電話。

「這店家態度真差。」祐太郎說。

「要去他家嗎？」

「不，打工的地方比較近，我先去那裡看看。」

如果要確認死亡，盡量向關係較遠的人打聽，心情上也比較好過。這一行做了一段時間後，祐太郎如此體會到。

「如果需要其他的資料就連絡我，我再找找。」

「好。」祐太郎說，離開事務所。

開始在「dele.LIFE」工作前，祐太郎對數位裝置沒有多大的關心。手機是用來打電話和上網的工具，他從沒想過還有更多的意義。不過確實，這樣一個小小的終端裝置，便塞滿了各種資訊。

祐太郎面對一大排的手機，不經意地取出自己的手機看了看。他覺得儘管裡頭塞滿了各種資訊，卻沒有一樣是重要的。這是他使用數位裝置方式的問題，還是自己的人生太淺薄的問題？祐太郎不明白。

「換機種嗎？」

店裡的另一名客人離開後，男店員靠了上來。呼吸充滿了酒臭味，讓人一聞就知道他昨晚大喝過一場。

「啊，不是，不好意思，我是來找人的。翔平在嗎？和泉翔平。我聽說他在這裡工作。」

店員只有這名男子，名牌上的姓氏是「山際」。山際一聽到和泉翔平的名字，立刻露骨地擺出瞧不起人的態度。

「啊，難道你是剛才打電話來的那個人？和泉沒來。這陣子他一直無故缺勤。」

「一直？」

「他上星期四來上班，後來就沒來了。」

超過一百一十一個小時，土撥鼠就會接到訊號的話，表示委託人最後一次操作裝置，是星期五的晚上。

「星期五呢？」

「上星期五他沒班。週末有他的班，他卻沒來。雖然就算他沒來也沒差啦。我們也不是星期六一早就發現，而是到了晚上才想到的。」

山際年紀和祐太郎差不多，看起來比和泉翔平小五、六歲，但他談論的語氣是露骨的嘲弄。

「那天我跟另一個人值班，晚上才發現他沒來，然後恍然大悟：難怪今天工作這麼順利！他光是存在就會礙事。」

山際說完大笑。但他發現祐太郎皺起眉頭，收起了笑。

「啊，你是他朋友？」

總不能指出「你嘴巴很臭」，祐太郎急忙擠出笑容說：

「也不算朋友，認識啦。我借了他一點錢。」

雖然是信口瞎說，但山際做出重新打量祐太郎的樣子。他好像忽然驚覺什麼，表情僵硬起來。

「我想他今天應該也不會來。」

連口吻都變了。祐太郎納悶他是怎麼了，想到可能是誤把自己當成討債的了。這年頭就算是討債的，應該也不敢多囂張，但山際心目中似乎有不同的想像。祐太郎覺得麻煩，決定利用他的誤會。他換了副隨性一點的態度說：

「他都沒連絡嗎？曠職的話，一般都會連絡一聲吧？」

山際露出奉承的表情，稍微把臉湊上來低語說：

「啊，店長說暫時別理他。說他只要無故曠職一星期，連還沒有給他的打工錢應該都不必給了。」

祐太郎屏住呼吸忍耐。山際把臉收了回去，繼續說：

「唔，他那人來上班也只會礙事，所以我們是無所謂啦。接待客人的態度也很糟糕，三不五時就被客訴。」

「很糟糕？」

祐太郎反問，山際愣住：

「噢，就那樣啊。」

「怎樣？」

山際垂下頭，口中咕咕噥噥著什麼。

「什麼？」

祐太郎有些不耐煩地反問。

「他不是都這樣嗎？客人當然會生氣嘛。」

祐太郎這才發現山際似乎是在模仿和泉翔平。

「哦。」祐太郎點點頭。

「他是在人手不足的時候，沒好好面試就錄取的。簡直是給我們找麻煩嘛。」

「這樣，我知道了，我去他住的地方看看。謝啦。」

就算相隔一段距離，祐太郎也快無法忍耐了。他快步離開店裡，大大地做了個深呼吸，然後為了前往和泉翔平的家，走向車站。

覺得很像什麼，卻想不出到底像什麼。不過不是像「誰」，而是像「什麼」。祐太郎尋思著那到底是什麼，出聲喚道：

「呃，不好意思。」

那東西維持四肢跪地的姿勢回過頭來。二十出頭，圓鼓鼓的臉上，是兩顆黑溜溜的渾圓眼睛。全身穿著藍色系的輕飄飄服裝，不知道是在角色扮演某些動漫人物，或只是一件特色十足的洋裝。頭髮有一半漂成白色，剩下的一半染成鮮豔的藍色。哆啦A夢——祐太郎心想，又否定這個聯想。哆啦A夢沒有這種蓬鬆感。像的應該是不同的其他東西。

「呃，這裡是和泉翔平的住處吧？」

祐太郎來到像是木造砂漿建築的公寓一室，結果看見要找的人家房門敞開，一團藍色的東西蜷在房間裡。藍色的蓬鬆物體不理會祐太郎，轉回前面，然後放棄似地聳了聳肩，站了起來，來到玄關脫鞋處的祐太郎前面。

「是啊，有事嗎？」

個子不高，但很有寬度。即使本人沒那個意思，站在眼前，就讓人覺得是在擋路。

「請問翔平哥——和泉翔平呢？」

「我哥，噢，他現在不太方便。」

蓬蓬女那雙碩大的黑瞳往上翻了一會兒，然後懶得思考似地將視線移回祐太郎。

「他在昏睡。」

「什麼？昏睡？」

「對，昏睡，昏迷。」

「什麼時候的事？怎麼會？」

「上星期五晚上，我哥在人行道上絆了一跤，跌到紅燈的斑馬線上。撞了我哥的卡車整個翻倒，貨物灑了一地，好像害國道回堵了二十公里呢。這是我哥截至目前的人生發揮過最大的影響力。這三十多年來，我哥的存在感就跟孑孓沒兩樣，沒想到居然會在最後一刻大爆發。」

「最後一刻？咦？他還沒死吧？」

「是還沒死啦。不過他本人想死，怎麼不讓他死了算了呢？」

「他是自殺嗎？」

「我爸媽現在拚命四處奔走，設法讓它變成一場意外事故。萬一被認定是自殺，好像就得賠錢，金額高到連笑都笑不出來喔。」

可是，唔，應該就是自殺吧——蓬蓬女斷定說。

「妳為什麼這麼覺得？」

「因為我哥就只有跟孑孓差不多的生命力啊。他本來就是這樣一個人。你也知道吧？」

說完後，蓬蓬女「咦？」地歪頭：

「你誰啊？你是我哥的誰？你有跟我說嗎？」

「啊，我叫真柴祐太郎，是翔平哥的……」說到這裡，祐太郎語塞了一下，不過關於和泉翔平，他只知道一件事。「職場同事。手機行的。」

「哦，手機行的。這樣啊，嗯。那他同事來幹嘛？」

「來幹嘛……噢，就是我——」

祐太郎本來要說「借了他一筆錢」，想起剛才的對話，決定改變設定。

「嗯，跟他借了一點錢。有一次我們一起去吃飯，我忘記帶錢包，跟翔平哥借了錢。我是來還錢的。」

蓬蓬女的圓眼睛亮了起來：

「多少錢？」

「啊，八百圓。」

「八百圓？只有八百？真的嗎？」

「只是午餐錢而已啊。」

「你為了還八百圓特地過來？」

「打電話也不通，我剛好有事到附近，想說或許他在家。」

「啊，電話。」蓬蓬女皺起眉頭。「這麼說來，應該還沒解約。手機在車禍的時候撞壞，後來就沒管它了。就算是那樣沒用的哥哥，死了還是會留下一堆麻煩吶。」

「就說他人還沒死吧？」祐太郎說，但蓬蓬女沒理會。

「演唱會門票發售日就快到了，但現在家裡那種氣氛，又不好跟我爸媽討錢，真傷腦筋。」蓬蓬女說，再次向祐太郎確認：「八百圓？」

「嗯，八百圓。」祐太郎點點頭。

「連塞牙縫都不夠。還是只能賣掉了嗎？喂，你過來幫我一下。」

蓬蓬女折回房間，祐太郎脫了鞋跟上去。鋪木板的廚房兼餐廳連接鋪地毯的客廳，加起來總共也只有三坪大。房間正中央堆著幾十本漫畫，旁邊有裝著漫畫的紙箱。看來蓬蓬女正在挑選要放進紙箱的漫畫。

「我有帶紙袋過來，幫我把《死偶》的周邊裝進去。」

蓬蓬女說，跪在地上開始物色漫畫。

「妳要擅自賣掉翔平哥的東西？」

「我爸媽叫我整理他的住處啦。我哥暫時不會回來了，不可能繼續付房租好嗎？」

而且反正他會死——蓬蓬女說。

祐太郎無法判斷她是真的對哥哥的生死漠不關心，或只是事態太嚴重，變得自暴自棄。他決定先聽從指示，打開房間角落的紙袋問：

「什麼是『死偶』？」

「《死神偶像・蒼白騎士》。」蓬蓬女挑選著漫畫說。「是我介紹給我哥的，所以或許不該這樣說，可是我哥居然迷上北枕耶。怎麼會去喜歡小北呢？你腐女子啊？然後蒐集的全是北枕的周邊，價錢很爛耶。就算是騎士，要是齋野還是夜烏，價錢就好多了。北枕欸，太冷門了吧？怎麼會去喜歡那個啦？你說對吧？」

「啊，嗯，是啊。」

雖然有一大堆聽不懂的名詞，但沒有一個是祐太郎想要深入瞭解的。祐太郎走到房間角落的小書桌前，將陳列在上面的模型及角色周邊商品裝進紙袋裡。那個叫「北枕睡」的和服動漫角色，連是男是女都看不出來。

周邊商品並不多，祐太郎找了一下，但除了桌上以外，沒看到其他商品。要賣的話，感覺桌上的筆電更值錢，但他不打算特地告訴沒發現的蓬蓬女。筆電亮著橘色的小燈。剛才圭司從事務所連上這台休眠狀態的電腦時，蓬蓬女應該也在這裡挑選可以賣的漫畫。一想到這裡，祐太郎覺得很不可思議。

「裝好了。」祐太郎把紙袋遞給蓬蓬女。

蓬蓬女正放棄挑選，把全部的漫畫丟進紙箱。

「太麻煩了，全部賣掉好了。這個交給你了。」

蓬蓬女用紙膠帶封好紙箱這麼說，從祐太郎手中接過紙袋。

「嗯？」

祐太郎看蓬蓬女指的紙箱，不明白被交付了什麼。在脫鞋處穿鞋的蓬蓬女回頭看祐太郎：

「幫我搬去附近的超商，消費稅就給你打個折，你還八百圓整就好。」

「呃，我向他借的是八百圓整。」

「大男人別計較這麼多。交給你啦。」

祐太郎沒辦法，抱著紙箱走出房間。箱子重到差點沒讓他閃到腰。他在背肌使勁，和提著紙袋的蓬蓬女一起走向車站。許多擦身而過的行人毫不客氣地打量蓬蓬女，但蓬蓬女滿不在乎。

「翔平哥在哪裡住院？」

「世田谷的醫院。因為他是在世田谷被撞的。啊，不用去探望啦。他在加護病房，只有家人可以進去。」

「有人去看他嗎？」

「怎麼可能？那是我哥耶？」

蓬蓬女用奇怪他怎麼會問這種問題的語氣說。看著祐太郎的眼神很訝異：你真的認識我哥嗎？

「啊，可是他不是有女朋友嗎？」

祐太郎自以為在轉移話題，但似乎打草驚蛇了。蓬蓬女頓時停下腳步。

「女朋友？你說三次元的？」

那已經不是訝異，完全是質疑的表情。

「啊，也不是女朋友，之前我好像聽翔平哥說他有覺得不錯的對象……」

蓬蓬女定定地看著祐太郎。感覺隨便出招，會更深地陷入泥沼，因此祐太郎曖昧地回笑。

「唉……」蓬蓬女嘆了極長的一口氣，垮下肩膀。「我哥撒了這麼可悲的謊嗎？他被撞以後，我頭一次想哭耶。」

然後她又往前走去，祐太郎跟在旁邊。

「跟我哥最親近的女人，毫無疑問就是我。應該是海放所有人的第一名，我媽是很後面的第二名。」

「噢。妳跟翔平哥很要好？」

「也不算好，應該算是利用他吧。我在家跟爸媽爭吵的時候，常跑來他這裡過夜。是個很不錯的避風港。」

「這樣啊。」

「可是說到好不好喔……喏，你也知道，我哥的溝通能力差不多是零嘛，根本不曉得他在想什麼。我在他這邊過夜好幾次，可是也沒聊到什麼。完全沒話題，頂多只有《死偶》的事好聊。」

「這樣啊。」

「不過他這樣已經好很多了，以前真的糟透了。我哥是在二十九歲被家裡趕出去的。他有跟你說嗎？在那之前，他是家裡蹲的尼特族。我爸媽為了設法讓他在三十歲以前自力更生，揮淚把他趕出家門，說會幫他在附近租個房子，要他自己賺生活費。啊，對了，我家就是那棟公寓。」

蓬蓬女指向去路的右邊。稍遠處有棟看起來十分老舊的褐色公寓。

「我爸媽好像很後悔把我哥趕出去，所以才不願意承認他是自殺吧。萬一要賠償的話，應該也是很困擾，不過比起錢的問題，我想他們更是不想承認我哥是自殺的。因為這樣好像是他們逼死兒子的。」

「不可能是意外事故嗎？」

「唔……」蓬蓬女微微歪頭說。「聽說有幾個監視器拍到我哥在路上走的樣子。我爸媽好像在警察署裡看了。第一個監視器的影片，我哥就像喝醉酒一樣走得東倒西歪，再下一個影片，他在離開監視器鏡頭前，就像撞到人一樣往旁邊踉蹌了一下，然後最後的影片就是跌出馬路，被撞了。」

「那別說是意外了，甚至有可能是謀殺不是嗎？他撞到人是碰巧嗎？不會是被人推出馬路嗎？」

祐太郎忍不住停步說，但蓬蓬女沒有停步。

「這世上有誰會想殺我哥啊？身為妹妹，我敢斷定，沒有人會因為殺掉我哥而拿到半點好處。」

「呃，可是起碼是意外事故吧？」

祐太郎小跑步追上去說。

「我是沒看到影片，不過從聽到的感覺來看，我也覺得可能只是我爸媽想要這麼解讀。而且送醫的時候，我哥好像沒喝酒。」

蓬蓬女看也不看祐太郎地說。祐太郎覺得父母和妹妹都想要逃避不同的「最糟糕」。自殺這個「最糟糕」，和被殺這個「最糟糕」。即便不會有半點好處，有些人還是被殺了。也有人只是想要殺人，嘗嘗那是什麼滋味。以「形同孑孓」的生命力過著存在感「形同孑孓」的人生的哥哥，連死法都毫無道理可言。身為妹妹，實在難以接受這樣的「最糟糕」吧。

抵達超商後，蓬蓬女向店員要了宅配單，借了原子筆，開始填寫住址。

「這箱東西要怎麼辦？」

祐太郎把紙箱放在櫃台問。

「寄去二手書店估價。」

「那邊的模型之類的呢？」

「拿去認識的店。不過那是『北枕睡』，應該賣不了什麼錢。啊，謝謝你，你幫了大忙。」

「不客氣。」

「別忘了八百圓。」

「啊，喔。」

祐太郎沒辦法，從牛仔褲後口袋掏出錢包，但零錢不夠。他抽出千圓鈔問蓬蓬女：

「妳有錢找嗎？」

「啊，嗯。」

蓬蓬女從衣服挖出錢包。

「那誰？你女朋友？」

蓬蓬女收下千圓鈔，遞出兩百圓找錢，努努下巴問。她好像看到祐太郎錢包裡的照片。

「不是，是我家人。」

祐太郎簡短地答道，收起錢包。

「是喔。」

「那我走了。啊，替我問候一下翔平哥——這樣說會很奇怪嗎？嗯？也不奇怪吧，替我轉達。」

「好，我會在他耳邊替你說。」蓬蓬女點點頭。

「嗯。」祐太郎也點點頭，離開超商。

回到事務所，盯著土撥鼠畫面的圭司抬頭：

「確認死亡了嗎？」

「我跟他妹妹說上話了。翔平在上星期五被大卡車撞，陷入昏迷，感覺難以判斷是意外還是自殺。從他妹妹的話聽來，我覺得意外的可能性滿高的。」

祐太郎在最後一句強調說，但圭司似乎對他如此強調的原因不感興趣。

「昏迷啊。」圭司喃喃。「人還活著，所以不用刪除嗎？不，如果是無法表達意志的狀態，應該要刪除嗎？他妹妹和委託人住在一起嗎？」

「啊，不，她跟父母住在附近。她說是整理房間，在物色可以變賣的東西。」

「那有可能會賣掉電腦。」

「暫時可能不會，但應該是遲早的問題。」

「該怎麼處理呢？如果是昏迷中被看到資料，那是沒有問題，但萬一是死後不久被看到，就等於是違反契約了。」

圭司拿起桌上的球，移動輪椅，來到空曠的地方，開始對著牆壁投球。球撞在牆上，在地面反彈兩下，回到圭司的手上。

「但又沒法成天盯著委託人。」

「看看裡面的東西怎麼樣？如果是被看到也沒問題的東西就留著，要是不太方便的東西，那就再想辦法。」

祐太郎說，圭司沒有反應，默默地繼續投球，接住第幾次的球之後，他點了點頭：

「這種見招拆招的處理方式我不太贊同，不過為了委託人，也只能這麼做了。」

圭司回到辦公桌，敲打土撥鼠的鍵盤。祐太郎踏出一步想要走近，圭司伸手制止：

「晚點再給你看。」

圭司眼睛盯著螢幕，伸出手掌甩了兩下。

祐太郎沒辦法，在沙發坐下。看來和泉翔平委託刪除的資料頗為棘手，操作土撥鼠的圭司表情愈來愈嚴峻。他盯著螢幕，不停地敲打鍵盤。內容似乎很複雜。圭司遲遲沒有抬頭，祐太郎看他看得膩了，起身拿起靠放在牆邊的網球拍，開始揮拍練習。圭司花了頗久的時間才整理好資料。祐太郎聽到「哼」的一聲，轉頭望去，看見圭司抓著輪圈將輪椅稍微往後退，表情極不悅地瞪著土撥鼠的螢幕。

「怎麼了？」

祐太郎把網球拍放回原位，來到辦公桌前。他以視線向圭司徵求同意後，把土撥鼠的螢幕轉向自己。似乎是某些管理資料。「竹內真美」這個姓名、出生年月日、世田谷區的住址和手機號碼，還有手機信箱（註2）。其他還有日期以及似乎用來分類的某些

註2：手機信箱，carrier mail，日本電信公司提供給用戶的電子郵件服務，在傳統手機時代即十分普遍，多用來傳送簡訊等。

記號。祐太郎指著螢幕問：

「這是什麼？」

「指定刪除的資料夾裡面有很多資料夾，這是其中之一。好像是和泉翔平工作的手機行的顧客管理資料。和泉翔平只抽出這個竹內真美的資料，存進自己的電腦裡。資料上顯示，竹內真美在約五個月前到這家店更換手機。」

「意思是翔平私下偷走客戶的資料？」

「不光是這樣而已，和泉翔平把竹內真美的手機信箱設定成轉寄到自己的電腦，偷看她的信。同一個資料夾裡也有信件檔案。」

祐太郎在圭司催促下，把土撥鼠螢幕轉回圭司那裡。圭司點擊觸控板，立刻又把螢幕轉向祐太郎。螢幕上是郵件軟體。收件匣裡的不是寄給和泉翔平的信，全都是寄到竹內真美的手機信箱的信。

「翔平偷看客人的信件嗎？呃，手機行的店員還可以轉送顧客的郵件喔？」

「當然不行。」

「可是你看，這不就是嗎？」

「資料外洩的大部分原因，都不是系統的缺失或脆弱性，而是人為失誤或疏忽。八成是在簽約的過程中，和泉翔平偷看到竹內真美輸入密碼，或是捏造理由直接問出來的。他以使用者身分登入，設定讓手機信件傳送複本到自己的信箱裡。」

「太可怕了。不過這年頭應該很少有人用手機信箱了，頂多只會拿來登錄店家資料吧？」

「是啊。和泉翔平應該也不是想要看什麼，只是想透過郵件，偷窺她的生活吧。也許那女人剛好是他的菜，或很有親和力。」

「溝通能力接近零」的手機行店員，遇到一名小自己六歲的女客。不知道是清純的女孩，或是氣質充滿包容力，還是可靠的大姊姊型？總之和泉翔平被她吸引了。但他不可能透過對話，與對方發展出私人的親密關係。強烈的愛慕之情在心中糾纏不清，設法謀求出口。

「也就是說——和泉翔平是跟蹤狂？」

「好像沒有其他恰當的稱呼了。」

「啊，可是對方不知道他這個人，所以應該不算太惡質吧？」

「那樣更惡質吧？」說完後，圭司搖了搖頭。「這不重要。如果就這樣沒事，和泉翔平應該會繼續過著他快樂的偷窺生活，但是某一天，和泉翔平偷看的手機信箱收到了一封恐嚇信。」

「嗄？恐嚇信？」

「恐嚇者就是這個松井茂。」

圭司再次操作土撥鼠，叫出約三個月前的郵件。祐太郎瀏覽內容。若想及這是寄到手機信箱的文章，內容異樣地冗長。開頭像是連絡久違不見的朋友的普通信件，提到任職的公司近況。信件裡說「跟妳在的時候相比」，因此可以推測出竹內真美以前應該在同一家公司上班。信件用「這麼說來」做轉折，提到竹內真美以前的上司，這時情況開始不太對勁了。松井說那名上司最近離婚了，離婚的原因是上司以前的外遇曝光。上司似乎隱瞞外遇對象的身分，但離婚後的太太執拗地追查那名女人的身分。如果妳想談談這件事，就連絡我——松井如此寫道。

「我也讀了接下來的兩、三封郵件，看出端倪了。」

圭司見祐太郎讀完，這麼說道。

「竹內真美原本和職場的上司外遇，但換了工作，也跟上司斷了。松井茂是竹內真美以前在那家公司的同事。松井暗戀竹內真美，發現她外遇的事。起初他假裝聆聽心事，想要追求竹內真美，卻不順利。竹內真美會離職，與其說是為了結束外遇關係，也許更是為了逃離松井。後來兩人暫時沒有連絡，但由於上司離婚，松井寄了郵件給竹內真美。一開始的那封寫得還很委婉，但第二封開始就相當露骨了。離婚的原因是外遇，上司的太太可能會索求賠償，如果妳不想被上司的太太知道，就快點連絡我——他留下手機號碼這麼說。」

「竹內真美怎麼說？」

「只有收到的信會轉寄到和泉翔平的信箱，所以不知道竹內真美怎麼回信。不過從松井後來的郵件來看，竹內真美似乎想要設法避免連絡。因為竹內真美不斷地躲避，松井的郵件愈來愈情緒化。他說他不是要錢，總之先見個面再說。」

對女客一見鐘情的手機行店員，偷窺女客的郵件，發現有個對她心懷不軌的男人寄信騷擾。

「也就是說，跟蹤狂遇到了另一個跟蹤狂？」

「是這樣呢。你認為跟蹤狂發現這件事，會怎麼做？」

「為了保護心愛的女人，擊退另一名跟蹤狂？」

「就算憑你的想像力，也會這麼想呢。這是從曝光不得的偷窺狂變身為陽光騎士的大好機會。」

圭司又操作土撥鼠，顯示幾張照片，拍的全是同一名女子。應該不是取得同意後拍下的。女子穿著套裝走在馬路上；在像是超市的地方購物；在咖啡廳和疑似同事的人用餐；在夜晚走進公寓——應該是回家；早上從同一棟公寓出門。許多都是從遠處拍攝。

「這就是竹內真美？」

服裝簡單，臉上是自然的裸妝。雖然不是引人注目的大美女，但給人的感覺就是個乾乾淨淨的女孩。

「應該是。從照片的資訊來看，和泉翔平自從收到恐嚇信約兩個星期後，便開始監視她並拍照。比對打工的地方寄來的班表，等於是他一休假，就跟著竹內真美跑。」

「他監視竹內真美，好從那個叫松井茂的跟蹤狂手中保護她？啊，翔平會不會是為了阻止這個跟蹤狂，反而差點被殺？」

祐太郎把監視器畫面的內容告訴圭司。

「會不會撞到翔平的行人是松井茂，而那其實不是撞到，而是松井茂故意把翔平推出馬路？」

「也是有這種可能性。」

「怎麼辦？要報警嗎？」

圭司默默地回視祐太郎。

「不會報警呢。嗯，不會。」

圭司不可能做出讓委託刪除的資料公諸於世的事。

「如果委託人死了，只需要刪除資料，既然還活著，丟著別管就是了。但昏迷狀態的話，該怎麼處理呢？因為委託人無法主動接觸資料，應該視同死亡嗎？你說的那個妹妹也有可能查看哥哥的電腦。還是刪除，結束這件事好了。」

「等等等等！」祐太郎急忙說。「什麼結束，竹內真美正遭到跟蹤狂威脅呢，怎麼可以就這樣置之不理？」

「她知道恐嚇者是誰。如果她想設法，應該會自己設法，又不是三歲小孩了。」

「萬一她沒有設法呢？不，就算她找警察商量，警察卻不肯提供協助的話呢？如果這個松井茂真的差點殺死翔平，表示他是個相當凶惡的傢伙吧？我們可以任由這種人逍遙法外嗎？」

「我們的委託人是和泉翔平，不是竹內真美。我們接到的委託是刪除資料，不是保鏢，也不是處理麻煩。」

「那，就不能這樣想嗎？某一天松井茂忍無可忍，攻擊了竹內小姐。警方偵辦這起案子，發現被害人的手機郵件在本人不知情的情況下被轉送到手機行的店員手上。如此一來，翔平委託刪除的資料，就會被警方復原了。」

「不可能。資料沒辦法復原。」

「呃，可是就算不會被復原，翔平偷看別人的信這件事還是會曝光吧？這樣還算是完成委託嗎？因為翔平就是不想被人知道他偷看竹內真美的信，才會委託刪除資料吧？」

圭司一臉厭煩，但沒有反駁。祐太郎連珠炮地說下去：

「而且如果翔平為了要松井停止恐嚇而接觸他，松井被警方抓到的時候，有可能說出翔平偷看竹內真美郵件的事。這種情況，應該也不能算是完成委託吧？」

「你啊，少在那裡得意洋洋地炫耀你迂腐的想像力。」

「可是有這個可能性吧？」

祐太郎把圭司不悅的沉默視為肯定，說：

「如果想要完美地達成委託，就必須讓松井放棄竹內真美，並確定他到底知不知道翔平這個人。我去找松井。」

圭司依然臭著臉，粗魯地點了兩下頭。

「真沒辦法。這封郵件裡的『畢夏普通商』，是竹內真美的前職場，松井現在上班的公司。好像是進口住宅建材的公司。」

圭司說著，手動個不停。很快地，三台並排的螢幕之一出現公司資料。地址在品川。祐太郎和圭司交換了一下眼色，離開了事務所。

祐太郎來到距離品川車站步行約五分鐘的商辦大樓。搭電梯上三樓後，門一開就是「畢夏普通商」的櫃台。說是櫃台，也只是公司門外擺了一台內線電話而已。上面寫著

「洽商者請直撥負責人分機」。從剛才看到的郵件內容來看，松井應該是資材部。祐太郎用那台電話打到資材部，請人轉接松井。幸好松井在公司。

『您好，我是松井，請問是哪位？』

「敝姓真柴，是竹內小姐委託的公司人員。我在外面等你。」

祐太郎單方面說完，隨即掛了電話。幾乎完全沒有等候，立刻就有一名男子衝了出來。年約四十開外，個子雖然頗高，但也許是因為極度的溜肩，給人的印象比起高，更顯得長。兩人對望，祐太郎微收下巴頷首。男子走近過來。

「竹內小姐委託？你說委託？是什麼委託？」

松井打量祐太郎說。祐太郎原本打算穩妥地跟他公事公辦，但松井茂那猴急而尖銳的聲音莫名地教人火大。祐太郎想起手機行的店員山際。兩人類型相似，從經驗來看，都是給個下馬威才好辦事的類型。祐太郎慢慢地轉了一下腦袋，對松井笑道：

「唔，需要我說明嗎？要我在這裡大聲說明嗎？啊，還是可以讓我進去公司裡面？在辦公室裡大聲明白地講個清楚吧，好吧？」

祐太郎拉住松井的手要進去，松井急忙撐住雙腿。

「啊，不，這……」

祐太郎用力拉扯抓住的手，嘴巴湊到松井的耳邊說：

「你心裡有數吧？用不著我說，你也猜得到我是來幹嘛的吧？」

「呃，可是，那件事已經結束了……」

「結束了？什麼時候結束的？欸，什麼時候已經結束了？寄恐嚇信給人家，還說結束了，這什麼意思？」

祐太郎逐漸加大音量，愈說愈火爆，松井屈下身似地縮起肩膀：

「……對不起。呃，可是，那不是什麼恐嚇……」

「嗯，你信裡說不是為了錢嘛，所以不算恐嚇嗎？你說你不是要錢，總之見個面再說，欸，對竹內小姐來說，那樣反而更可怕吧？你明白嗎？」

「對不起、對不起。」松井縮著身子不停地重複。「我不敢了，真的，我不會再這樣了。」

「我不是第一個為這件事來找你的人吧？」

「咦？」

「還有另一個人為了這件事來找你吧？有人來警告你，叫你不准做這種事吧？」

「啊，呃，咦？不，沒有人來找我。」

松井儘管害怕，卻拚命想要擠出笑容，看起來不像在撒謊。那麼這表示和泉翔平沒有來找松井，而松井與和泉翔平被撞的事無關。為了慎重起見，祐太郎確定：

「上星期五晚上，你人在哪裡？」

「上星期？上星期我去越南了。」

「越南？」

意外的回答讓祐太郎忍不住拉大了嗓門。

「是的，對不起。那是出差，沒辦法。上星期我從星期三就一直在越南，星期日才回來的，對不起。」

以謊言來說，太大膽了。

「你真的很讓人火大。」

「對不起、對不起。」

手機響了。祐太郎放開松井的手查看，是圭司打來的。祐太郎拿起手機：

『松井茂在嗎？』

「嗯，在，就在我前面。」

『啊，你已經把他叫出來啦。唔，那確定一下好了。你問他寄了幾封信。』

祐太郎拿著手機問松井：

「你寄了幾封郵件給竹內小姐？」

「呃，應該是五封。」

「五封？」

祐太郎拉高嗓音，松井緊緊閉上眼睛，縮起身體：

「對不起，可能是四封。」

『對，是五封。』圭司在電話另一頭說。『從第六封開始，信箱換了。我本來以為只是他換了信箱，不過好像不是。第六封以後的信件標頭經過偽裝。』

「信件標頭？」

『顯示信件是從哪裡寄出、經過哪裡、寄到哪裡的資訊。標頭很容易就可以偽裝，但是寄給認識的人的恐嚇信，沒有必要偽裝標頭。所以第六封以後的信，不是他寄的。』

「呃，咦？什麼意思？」

『你問他為什麼寄了五封就停了？』

松井似乎放鬆了些，重心斜歪在一隻腳上。祐太郎重重地蹬了一下地板，松井頓時縮了一下，連忙立正站好。

「為什麼你只寄了五封就停了？」

「那是呃，從那之前，竹內小姐就都沒回我的信，我覺得就算繼續下去，她也不會見我，而且那天剛好我在電視上看到跟蹤狂規制法的專題報導，嚇到了……」

「你寄了五封，後來就再也沒寄了？」

「啊，是。」

「既然不寄了，怎麼不講個一聲？哪有人就這樣默默消失的？」

「啊，說的是呢，對不起。」

「夠了，你回去吧。真的有夠教人火大的。」

松井哈腰點頭地回公司去了。那動作也教人生氣，祐太郎有股想要從背後踹他屁股的衝動。他用力按捺下來，目送松井的背影，重新拿好手機，對圭司說：

「那，第六封以後的恐嚇信是翔平寄的囉？」

『只有這個可能了。用這種角度去看，第六封以後的信，確實氣勢溫和了些，畏畏縮縮的。電腦裡沒有寄件備份，應該是用手機寄的。』

「可是為什麼……」

『前五封恐嚇信是連續寄出的，但第五封和第六封之間，相隔了一星期。和泉翔平正在等待以陽光騎士身分登場的時機，然而最關鍵的恐嚇信卻突然無疾而終，他不知如何是好，只好自己來寄出恐嚇信。』

「為了英雄救美，而去恐嚇對方？」

『嗯，就是這麼回事。雖然不清楚他打算怎麼英雄救美，也許是想要假裝偶然親近她。」

「可是他們實際上並沒有接觸吧？」

『是找不到搭救的契機，或是……』

「或是什麼？」

『也許這樣就讓他滿足了。因為與竹內真美有了連繫。』

祐太郎一瞬間不明白圭司說的意思。和泉翔平用手機寄恐嚇信給竹內真美。寄出去的信透過竹內真美的信箱，傳到自己的電腦。自己的話透過竹內真美又回到自己身邊。這個狀況令和泉翔平暗自發笑。

「啊……」祐太郎嘆氣。「也就是說，他成了真正的恐嚇者？」

『和泉翔平開始跟蹤竹內真美、拍她的照片，是收到第一封恐嚇信約兩星期後，也就是第六封恐嚇信以後。仔細想想，如果是要保護竹內真美，根本沒必要偷拍她。和泉翔平以他人的名義恐嚇竹內真美，躲在暗處觀察她害怕的樣子，偷拍她的照片取樂。對一個跟蹤狂來說，可以說是享盡了全餐，他一定很滿足。不知不覺間，也失去救助她的意願了。』

「呃，可是我不覺得翔平是這麼壞的人耶。」

『你有什麼根據？』

「根據喔？是沒有啦，可是看到他的房間，我這麼覺得。」

『他房間裡掛著心靈小語日曆嗎？日行一善嗎？』

「不是啦。」祐太郎說，把接下來的話吞了回去。

不管怎麼樣，和泉翔平確實冒充松井，寄出了恐嚇信。不管自己對他的人品有什麼印象，都毫無意義。祐太郎難受地搖搖頭，拜託圭司說：

「欸，圭，可以請你查個東西嗎？」

上星期五發生卡車撞人意外，造成世田谷的國道嚴重回堵。只要有這些資訊，要查出地點，對圭司來說易如反掌。

『你知道這個要幹嘛？』

「人沒死，也不能去獻花，不過我想去合個掌，叫他快點回來這邊。」

『什麼跟什麼？』

「你不覺得如果沒有人這樣跟他說，他就算想回來也回不來嗎？」

『不覺得。』

如此交談的期間，圭司已經查出地點了。祐太郎轉乘電車，前往該地。

『尋找車禍目擊者。請目擊事故的民眾連絡警方。』

斑馬線旁豎了這樣一塊牌子。祐太郎原本要來合掌膜拜，卻又覺得不太吉利，看著斑馬線，只在心中默念：「你快點回來吧！」默念了一陣之後，他掏出手機，用地圖程式確認現在地點。輸入目標地點後，程式自動與現在的位置拉出一條線，顯示徒步兩分鐘。祐太郎循著指示回頭，然後轉身背對國道走去，拐進附近右手邊的狹窄巷弄。走了一段路，再往左彎，瞬間四下便落入一片寂靜。稍前方處的右邊有一棟老舊的四樓公寓。祐太郎站在門口，環顧周圍的建築物，小巷對面有一棟大小差不多的大公寓。祐太郎進入那棟公寓，走上戶外階梯，從二樓與三樓之間的平台探頭，俯視剛才的公寓門口。他記得這個景色。

「就是這裡啊？」祐太郎兀自喃喃。

和泉翔平的資料夾裡，有從這裡拍攝的照片。拍到的是傍晚回家，或早晨出門上班的竹內真美。得知竹內真美的住址是世田谷時，祐太郎立刻想起和泉翔平也是在世田谷被車撞的。他本以為只是巧合，但確認之後，發現距離近得不可能是巧合。

祐太郎看手機確定時間。下午五點多。上班族的竹內真美應該還要好一段時間才會回家。祐太郎估計應該是七點多左右。

「沒辦法，我就奉陪你吧，翔平。」

祐太郎喃喃，等待竹內真美回家。天色暗下來，風漸漸變冷了。祐太郎罩上外套的帽子，雙手揣進口袋裡。戶外階梯沒有人經過。祐太郎想像和泉翔平是懷著什麼樣的心思，在這裡偷拍竹內真美。和泉翔平關在家裡，做了很久的尼特族。然而即將三十歲時，被父母揮淚趕出家門，搬進公寓生活。他應該是下了重大的決心，才開始在手機行工作。那模樣難看到甚至滑稽，遭到比他小的同事嘲笑、輕蔑，但他還是繼續做下去。支持著當時的他的是什麼？萬一在這裡挫敗，就再也爬不起來了——是如此悲壯的決心嗎？只是一心隱忍、枯燥無味的黑白日常裡，某天出現了一名女客。簡單的服裝、素淨的裸妝。她應該是個和善的人。對於和泉翔平結結巴巴的接待，她沒有嘲笑，也沒有生氣，而是包容。從這一刻開始，黑白的日常出現了色彩。和泉翔平太想知道她究竟是個怎樣的人了。

「唔，雖然是不可以的啦。」

祐太郎自言自語說，笑了一下。

竹內真美比預估的時間晚了許多才回家，自祐太郎開始守候，都已經過了三個小時半。

「啊，妳好！」

祐太郎藉著路燈的光線確定靠近的女人長相，出聲叫道。正要走進公寓大門的竹內真美驚訝地轉頭，發現在對面公寓樓梯大大地揮手的祐太郎。

「不好意思！我現在就過去，可以等我一下、等一下下就好嗎？」

祐太郎衝下樓梯。竹內真美在公寓門口全身僵硬，手裡緊握著手機。

「你要做什麼？我要報警了。」

祐太郎拉下帽子，行禮說：

「妳好。啊，很抱歉嚇到妳了。」

「你也是松井先生的同夥嗎？我已經說過了，我會向太太坦白一切。我已經這麼轉達過了吧？」

「呃，咦？是這樣的嗎？」

「什麼……？」

祐太郎的反應讓竹內真美瞬間語塞了一下，但她立刻說下去：

「現在我反而很感謝松井先生告訴我俊樹先生離婚的事。如果松井先生沒有寄信給我，我也不會想要再連絡俊樹先生。連絡以後，我們再次確定了彼此的真心，我和俊樹先生都已有所覺悟了。我們會把過去交往的一切全都向太太坦白，也會好好地向她道歉，然後結婚。」

竹內真美威嚇似地拿著手機這麼說。她會抖個不停，應該是因為緊張和憤怒。祐太郎抬頭望天：

「上個星期五，妳是不是把這件事告訴誰了？」

「星期五？你的同夥就是在上星期五在這裡埋伏我的不是嗎？沒錯，那個時候我告訴他了。我說我之所以不回信，就是這個原因，叫松井先生別再騷擾我了。然後他答應我不會再來了，不是嗎？還是換了個人就不算數了？我不打算跟松井先生見面，也不準備付錢給他。」

星期五晚上，和泉翔平出現在竹內真美面前。他應該不是想要當面恐嚇竹內真美。和泉翔平沒那個膽。但那也不是可以扮演陽光騎士的狀況。那麼他為什麼要現身？

祐太郎覺得是為了坦承自己的罪。和泉翔平為了坦承自己的罪，懷著必死的覺悟，帶著裝有一切證據的手機，出現在竹內真美面前。然而他那「接近零」的「溝通能力」卻扯了他的後腿。和泉翔平無法好好地表達他想說的話。竹內真美把這個突然現身、知道隱情的男子當成了松井的同夥。

「上次那個人不是我或松井的同夥。」祐太郎說。「其實他是站在妳這邊的，因為他來警告我們，所以我和松井都不會再來煩妳了。不會有人再來騷擾妳了。我只是來告訴妳這件事的。抱歉嚇到妳了。」

竹內真美依然敵意全開地瞪著祐太郎。祐太郎想要為和泉翔平多說點好話，卻不知道能怎麼說。

「很抱歉。」

祐太郎再次行禮，折回來時的路。他想像上星期五，應該一樣經過這條路的和泉翔平的腳步。遭遇赤裸裸的敵意、心上人決定與過去的外遇對象結婚。這兩個事實，哪一邊打擊更大？或者竹內真美甚至不記得他，這讓他受傷？和泉翔平搖搖晃晃地走出巷弄，來到國道，和迎面而來的人碰撞，踉蹌，跌向紅燈的斑馬線上。剛好一輛滿載貨物、閃避不及的卡車衝了過來。

「一往情深，卻是枉然啊。」祐太郎對著斑馬線呢喃，覺得想哭，又覺得好笑。

祐太郎在一排排的信箱上找到「和泉」的姓氏。原想直接拜訪住處，但正在等電梯上五樓時，蓬蓬女坐著那座電梯下樓來了。

「啊，同事。」走出電梯的蓬蓬女說。她今天也穿著藍色的蓬鬆洋裝。祐太郎以為是上次那件，但仔細一看，設計不同。

「咦？你來幹嘛？」

「哦，我想問一下後來怎麼樣了。翔平哥還好嗎？」

「還在昏迷。盛大昏迷中。」

「這樣啊。啊，難道妳正要去醫院？」

「只有外表善良的護士，毫無根據地說了『請多多跟他說話，他一定聽得到』，我爸媽被那話牽著鼻子走，害我一有時間就得去看我哥。反正好像也去不成演唱會了，不必籌門票錢了。」

在祐太郎催促下，蓬蓬女走了出去。祐太郎跟在旁邊。

「那，妳不把翔平哥的東西賣掉了嗎？」

「漫畫已經寄出去了，太麻煩了，所以賣掉了。你猜那樣一箱漫畫賣多少錢？才一千兩百圓欸。不覺得坑人嗎？簡直暴利嘛。」

「模型和周邊呢？」

「反正也賣不了多少錢，留著。」

「這樣啊。」

兩人默默地走了一段路。擦身而過的行人一樣毫不客氣地打量蓬蓬女，而蓬蓬女一樣滿不在乎。就在彎過小公園轉角時，蓬蓬女突然重重地說了聲「欸」，停下腳步。

「你是怎樣？你就不能體察一下被男人糾纏，比起開心，更先覺得危險的恐龍妹少女心嗎？我都在強調我很窮沒錢了，你是沒感受到嗎？」

「咦？我沒有要錢啊？而且妳又不醜，雖然打扮有點……唔，整體來說那個……很有個性。」

「嗯。這個話題說來話長，還是別說了，只會讓你痛苦，我也難過。所以你到底想幹嘛？」

「呃，噢，也沒想幹嘛啊。也許只是我想太多了。不過我想到一些事，覺得或許告訴妳比較好。」

「什麼事？」

想像力陳腐。圭司的評語在腦中復甦，但他也肯定自己的觀察能力。祐太郎憑恃著這一點說：

「翔平哥真的喜歡《死偶》還是『北枕』嗎？」

「什麼意思？」

「沒有啦，我只是想，他會不會是為了跟偶爾來過夜的妹妹聊天，才假裝迷上妳推薦的動畫？他不擅長跟人聊天，所以想說至少準備個共通話題。因為不管是模型還是角色周邊，都只有書桌上那些。與其說是喜歡才買的，看起來更像是為了給誰看才買起來擺在那裡的。他會蒐集『北枕睡』，會不會是因為那個角色不受歡迎，最容易買到？」

蓬蓬女聽到一半，就扠起腰來，望著斜上方。她維持了這個姿勢片刻，接著望向自己的腳，然後「嗯嗬」一聲，交抱起手臂。

「這意見或許值得探討。我就一直覺得我哥會迷上《死偶》很奇怪。如果他有成為動漫宅的資質，早在家裡蹲的時代就應該變成動漫宅了。他雖然是有點軍事宅的味道啦，但他從小就對動漫不怎麼感興趣。」

「雖然也許只是我想太多了。」

「不，這值得研究。我會研究一下。」

「嗯，妳研究看看吧。」

兩人互道「拜」，祐太郎和蓬蓬女道別了。但祐太郎還沒走出幾步，蓬蓬女便叫住他：

「欸，同事。」

祐太郎回頭，蓬蓬女還站在原來的地方。

「你是誰？你才不是我哥的同事吧？」

「咦？」

「我哥跟職場的同事吃飯？才不可能哩。你別小看我哥的溝通能力了。他才不可能跟誰一起吃午飯。」

「呃，不，這……」

「沒關係啦，不用說了。你好像是站在我哥這邊的，所以我不會跟你計較那些。不過我想我們應該不會再見面了，所以還是跟你說一聲：謝謝你。」

蓬蓬女說道，咧嘴一笑，就這樣倒退走去。

「我開始覺得我哥很快就會醒了。」

「嗯，希望他能醒來。」

「是啊。」

蓬蓬女再說了一聲「拜」，身子一轉，腳步比剛才更快一些地走掉了。祐太郎目送著她的背影，手機響了。是圭司打來的。

『你跑去哪鬼混了？有工作，快回來。』

「啊，好。抱歉，我馬上回去。」

祐太郎掛了電話。仰望的天空微陰著，看來不打算放晴，也不準備下雨。

「真沒勁的天氣。」祐太郎喃喃笑了。他覺得這種天氣正適合和泉翔平醒來。

回到事務所一看，舞正站在圭司的辦公桌前。她正在逼迫圭司，而圭司一臉為難——看起來是這樣的場面。他們原本就不是一對和樂融融的姊弟，但氣氛如此緊張，也難得一見。

「我回來了。啊，舞小姐。妳來得正好。餅乾送妳。」

祐太郎從紙袋掏出餅乾，走近辦公桌，將紙袋放在兩人中間，咬了一口驚叫：

「噢，真好吃！」

舞瞪著圭司，圭司依然別著視線，膠著狀態持續著。

「餅乾還是巧克力口味好吃。哎呀，我一直在想到底像什麼，卻怎麼樣就是想不起來。然後靈光一閃，想到原來是餅乾怪獸（註3），結果就超想吃餅乾的。來來，吃塊餅乾。」

祐太郎從紙袋裡捏出一片，請舞享用。舞接住餅乾，看也不看祐太郎，一口把餅乾扔進嘴裡。

「圭，你不會辯說什麼沒有書面契約吧？這應該是你跟我之間的不成文契約。」

舞咀嚼著餅乾說。

「也有個限度吧？」圭司嘆氣。「不久前才剛給妳看過而已。一個月一兩次，在我們的默契裡，這應該是上限了。」

舞鼓著腮幫子沉默，丟下一句「算了」，抓起餅乾袋，轉身背對圭司。離開的時候，她「砰」地一聲甩上門。祐太郎啞然目送後，回望圭司。

「啊，餅乾被搶走是無所謂啦，你還好吧？」

註3：COOKIE MONSTER，為著名的兒童教育電視節目《芝麻街》中的出場角色。

「我沒事。」

「出了什麼事？」

「沒事。她只是來要房租的。」

「要房租？房租是什麼？」

祐太郎不指望圭司會回答，但圭司瞪著舞離開後的房門，低聲說：

「偷窺。」

「偷窺？咦？偷窺什麼？」

「隨機讓她看一個土撥鼠管理的資料。這就是我支付舞的房租。」

「這……」

做得到嗎？祐太郎本來想問，但立刻心想應該做得到。接到訊號後，土撥鼠就能遙控委託人的數位裝置。但進行遙控的應用程式早就安裝在裝置中並啟動了。能夠做出這種程式的圭司，要偷窺數位資料應該是輕而易舉。

接著祐太郎想問「可以這樣嗎」，但立刻心想當然不可以。這等於是讓別人窺看還在世的委託人最不願意被人看到的祕密。即使沒有揭露委託人的身分，仍是無法容忍的行為。而最痛恨這種行為的，不是別人，應該就是圭司自己。

「這不是能夠容許的事，也不應該這麼做。這我都明白，但她有病，如果我不讓她看，她一定會不擇手段去看。甚至有可能主張這都是她的資產，扣押我們事務所全部的東西。」

說到這裡，圭司才望向祐太郎：

「你覺得輕蔑嗎？」

「怎麼會？」祐太郎說。「才不會呢。」

當下回答之後，祐太郎才想，也許這個問題問的不是圭司，而是舞。

圭司探詢似地看了祐太郎的眼神一會兒，然後移開視線，喃喃道：

「沒吃到餅乾。」

「下次再買給你啦。」

祐太郎在沙發坐下，做了個從小玉先生那裡學來的伸懶腰姿勢。用力伸長背脊，放鬆全身時，他想到了：

「欸，圭，關於翔平啊……」

祐太郎為了不讓這個想法溜走，一面自己檢驗著內容，一面說出口來：

「我想翔平應該不是病態地喜歡竹內真美，其實只是在尋找向她攀談的機會。」

「這是在說什麼？」

「雖然只是單純地向人攀談，但這對翔平來說卻是難如登天。所以他想要先瞭解一下竹內真美。即使知道松井恐嚇的事，翔平也不是想要利用這一點，對竹內小姐怎麼樣，只是覺得這會是一個可以向她攀談的機會吧。所以恐嚇信無疾而終，讓他失去機會，他只好冒充松井寄出恐嚇信。我認為他應該不打算長久持續。他想要快點跟竹內小姐說話，所以拍了照片，拚命做想像訓練。在哪裡才容易向竹內小姐攀談？哪些話可以自然地說出口？早安、午安、晚安，妳還記得我嗎？最近是不是遇上什麼麻煩？他持續冒充松井恐嚇，並設法找機會向竹內小姐攀談，哪怕只有一句話也好。然後到了星期五，他終於下定決心，出現在竹內真美面前。可是時機太糟了。他什麼話都說不出口，就被竹內真美疾言厲色地拒絕了。」

當晚，和泉翔平出現在竹內真美面前，準備好的說詞會不會其實不是罪行的告白，更不是恐嚇，其實只是一句簡單的「妳好」？這樣一句話，不可能讓他與竹內真美有什麼發展，和泉翔平也明白這一點。他只是單純地想要推開眼前的門。

祐太郎的說法，似乎讓圭司想了一下。

「要是這樣的話，那就太慘了。」圭司總算開口。「實在太慘了。」

「會嗎？」

祐太郎再想了一遍，但還是不覺得這是件悲慘的事。他認為對和泉翔平來說，與他人接觸，就是如此天大的問題。應該就是這麼一回事。

「如果他真的是這樣的一個人，我倒想跟他交個朋友。不是出於同情而做朋友，怎麼說，我覺得我們可以很自然地變成好朋友。」

「是嗎？」圭司問，不等祐太郎回答，立刻搖了搖頭。「你果然是個怪胎。」

祐太郎笑，問圭司：

「那，你說的工作是？」

「噢，對了。這次是這個。」

圭司操作土撥鼠，將螢幕轉向祐太郎。上面出現的會是什麼樣的祕密？祐太郎悄悄地做了個深呼吸，從沙發站起來，走向辦公桌。

Doll's Dream

洋娃娃之夢

推開事務所的門，像平常那樣輕鬆打完招呼後，祐太郎才吞回了接下來的話。事務所裡除了圭司以外，還有舞和另一名陌生男子。祐太郎開始在這裡工作以後，第一次看到事務所裡有舞之外的客人。三人的表情都很平和，然而房間裡的空氣卻緊繃到了極點。祐太郎不著痕跡地觀察男子。四十開外，五官立體，個頭比祐太郎更矮，但胸膛厚實。穿著深灰色看上去價格不菲的西裝，沒有打領帶。男子見祐太郎進事務所，瞥了他一眼，但也許認定他不值得介意，彷彿什麼都沒看見似地，視線回到辦公桌前的圭司身上，然後望向站在自己旁邊的舞。

「換句話說，你們不承認和內子有簽約？」

分外平靜的語氣，反而讓人覺得是在壓抑即將潰堤的激烈情緒。舞就像是顧慮到就快失去平衡的男子，徐緩地應道：

「我們的意思是，包括承不承認在內，我們無法回答。很抱歉，請諒解我們的立場。」

「要論立場的話，妳不是我的顧問律師嗎？」

「沒錯。」

「即使如此，也不能回答我的問題？」

「我是說，我即使想要回答，也無法回答。我們並非只為渡島先生一個人服務，因此無法透露關於其他顧客的隱私。即便那是您的配偶，也是一樣。」

「不用回答，用點頭的或搖頭的也行。」

「渡島先生。」

舞勸諫似地直視著男子。男子沒有退縮，以強烈的目光回視她。

「明日香是我的妻子。我把我的顧問律師介紹給我的妻子。我的妻子用我的錢，委託了我的顧問律師。」

「嚴格地來說，並不是這樣。」

圭司在辦公桌另一頭發出厭煩的聲音。那口吻令男子的眉毛跳了一下。

「即使尊夫人真的委託了什麼，委託的對象也是我們，『dele.LIFE』。我們和家姊擔任所長的『坂上法律事務所』有業務合作，但組織上是不同的兩家公司。假設尊夫人委託了我們，就算家姊要求讓她看資料，我們也會拒絕。如果有法院命令，另當別論。」

聽到圭司的話，男子慢慢地點了兩下頭，說：

「如果你站在我的立場，會作何感想？」

男子等著，但圭司毫無反應，只是淡然地望著對方。

「內子垂危病榻，而我發現內子有份資料想要在死時刪除。也許那是她不願意讓別人看到的醜陋內容，但如果不是的話呢？如果說內子把她最後的留戀寫在裡面的話呢？比方說寫滿了如果她能活下來，想要實現的種種願望的話呢？那或許是我無法為她實現的事，所以內子才會想要刪除，不讓任何人看到。即使如此還是想看，這才是人之常情啊！即使只有一點點，只要有我能為她實現的事，我想替她做到。」

圭司依然沒有反應。男子的聲音顫抖了：

「內子才三十八歲，才三十八歲而已！然而我卻只能眼睜睜地看著她離開。」

男子擠出聲音似地說，圭司瞇起眼睛，微微咬唇，但沒有更多的反應。

男子直視著圭司的眼睛，點了幾下頭，彷彿死了心：

「許久之後，總有一天，你重要的人即將死去的時候，你再來體會現在的你有多殘忍吧。」

男子說完，離開事務所了。他留下的話聽起來也像是詛咒。男子烙下的詛咒話語，彷彿停留在虛空。

「啊，呃，那是哪位？」

祐太郎故意有些俏皮地問。舞回答他：

「渡島隼人先生。他創立看護專門的人才派遣公司，事業有成。他和我們簽約，由我們提供包括事業經營在內的各種法律諮詢，不過很久以前，我向他提過圭的公司，他好像告訴太太了。」

「兩個月前，他太太透過舞委託我們。」

舞點點頭，一屁股在沙發坐下。

「渡島太太好像去年發現罹患癌症。雖然動了手術，也持續治療，但狀況似乎不樂觀。考慮到萬一，她似乎有什麼想法。」

這件事傳進渡島耳中，他才會上門來問個清楚——祐太郎看出是這麼一回事。

「唉……」舞就像要吐出難受的心情，姿勢變得邋遢，頭靠在沙發背上。「新人，可以幫我泡杯咖啡嗎？」

「啊，我去買。中杯就好嗎？」

祐太郎就要離開，舞制止他：

「這裡連咖啡機都沒有嗎？那算了，我上樓喝。」

舞嘆了一口氣起身，往門口走去。

「如果你站在我的立場，會作何感想？」

她的呢喃輕得就像自言自語。舞抓著門把，停頓了一拍，回望圭司：

「如果重要的人委託第三者在他死後刪除資料，而你有辦法看到，圭，你會看嗎？」

圭司和舞子的視線交纏在一起。圭司別開了視線：

「爸不是那種人。」

「不管是電腦還是手機、平板，以猝死而言，都整理得太乾淨了。會這麼覺得，是我多心嗎？」

舞的視線緊盯著圭司不放。

「妳想太多了。爸本來就是個一板一眼的人。」

舞似乎在等，但圭司的眼神沒有再回到舞身上。舞又等了片刻，輕笑道：

「沒想到他居然會直接找上門來。以後我會小心，不讓這種事再發生。抱歉。」

舞揮了揮手，離開事務所。

「『爸』？」祐太郎問。

「沒事。」圭司說。

就在隔月，渡島明日香的手機傳訊到土撥鼠了。

「委託人渡島明日香，三十八歲。委託內容是當自己的手機二十四小時無人操作時，就將雲端上這個資料夾的內容物全部刪除。」

圭司確定資料後，把土撥鼠的螢幕轉向祐太郎。上面有個命名為「T．E」的資料夾。

「噢，雲端。嗯。」祐太郎點點頭笑了。「什麼是雲端？」

「資料不是存在裝置裡，而是網路上，這樣一來，就可以從任何一個裝置存取資料。暫時這樣理解就行了。」

「噢，好。那，你剛才說的不是雲端上的資料夾，而是資料夾裡的東西？」

「照這個設定，是保留資料夾，只刪除裡面的資料。」

「意思是裡面會空掉，但這個命名為『T．E』的資料夾會留著？」

「沒錯。」

雖然不至於無法理解，但這樣的設定很奇特。

「總之你先進行死亡確認。這是委託人的手機號碼。」

圭司說，祐太郎打了那支電話。但沒有鈴聲，傳出語音信箱訊息。

「不行，完全沒響，直接進入語音信箱。」

「委託人在住院，也許是設定成直接轉入語音。」

圭司遞出一張便條：

「打這支看看。是我向舞問出來的渡島的手機號碼。」

「也不好請舞小姐打去問呢。」

祐太郎想起渡島來到事務所的情形說。

「嗯，你就照平常那樣做吧。」

祐太郎思考該用什麼設定。

「他住的是獨棟還是公寓？」

圭司敲打土撥鼠的鍵盤：

「公寓呢。從住處門號來看，是十六樓。」

大型公寓。那麼住戶之間的往來應該不密切。祐太郎打算自稱社區委員會的成員，撥打電話。但渡島的手機沒有開，也沒切換到信箱。這讓人充滿了不祥的預感。

「在醫院嗎？要不然就是……」

「不是可以接電話的狀況。你去他家看看吧。如果過世的話，應該會有什麼動靜才對。」

「對渡島先生……要怎麼說？」

「委託等於已經曝光了。萬一被他發現，那也沒辦法。你做好可能會被他逼問的心理準備。」

「好。」

渡島家在江東區的摩天公寓。祐太郎獨自前往。

祐太郎仰著身體看了看高聳的大樓頂樓，走進大廳，在自動門旁的操作板上按下房號。如果渡島應門，只能老實說出來意，但應答的是年輕女人的聲音。

『喂？請問是哪位？』

背傳來細微的鋼琴聲。不是在彈曲子，似乎只是隨手敲打琴鍵，不成曲調。

「啊，我——不，敝姓真柴。呃，請問明日香女士現在……」

『她不在這裡。』

說法很曖昧。應該是不好對陌生人透露正在住院吧。從語氣聽來，似乎尚未過世。

「噢。那請問明日香女士的先生，隼人先生現在在醫院嗎？我打電話給他，但沒有人接。」

知道夫妻兩人的名字，而且知道妻子住院。對方得知這件事，似乎稍微放鬆了警戒。

『對。渡島先生一早就去探病了。』

「明日香女士狀況不太好嗎？」

『這我不方便透露……』

回答很模糊，但如果人已經過世，應該不會是這種說法。

「啊，說的也是呢。」

就在祐太郎要結束對話時，鋼琴聲戛然停止，傳來不同的聲音。

『誰？』

『嗯？好像是爸爸的朋友，小奏不用擔心。』

祐太郎是來找渡島明日香的，對方卻不說「媽媽的朋友」。祐太郎感覺在這個家，連提到「媽媽」兩個字，都是很敏感的行為。

「那，我去醫院看看。謝謝妳。」

祐太郎對自動鎖的操作板說，離開公寓大廳。他打電話給圭司，詢問住院地點。圭司當場查詢渡島明日香的手機。從定位資訊來看，手機在同一區的大型綜合醫院。

『應該是在那裡住院。』

「從口氣聽來，人好像還沒有過世，不過我去確定一下。」

『好。』

「啊，圭。」

『什麼？』

「渡島先生好像有個女兒。」

『對，我剛才在委託人的手機看到了。渡島奏，演奏的奏。才五歲大，讀幼稚園大班吧。』

「這樣啊。」

委託人可能會留下五歲女兒撒手人寰。仰望的天空，藍得讓祐太郎瞇起眼睛。

『也有照片。那女孩揹著書包。』圭司說。

女兒明年的小學入學典禮。自己來得及看到嗎？是懷著這樣的憂傷拍下的照片吧。

「這樣啊。」

『發現什麼的話，立刻回報。』

圭司說，掛了電話。

祐太郎收起手機，正要往前走，看見渡島的人影。渡島好像把車停在停車場，才剛下車的樣子。渡島鎖好車，朝大廳走來，看見祐太郎，停下腳步，訝異地蹙眉，但似乎很快就想起是在哪裡見過了。

「你來做——」

渡島還沒說完，應該就自己想到答案了。他的表情變得凶狠，大步走來，在祐太郎面前停下腳步。肩膀在顫抖。祐太郎防備著可能就要迎面而來的拳頭，然而下一瞬間，渡島全身虛軟下來。

「簡直就像死神。」

「什麼……？」

「你是來確定的吧？確定明日香死了沒。」

「呃，不……」

祐太郎難以回答，渡島見狀，扭曲嘴唇笑了。

「不巧的是，她還活著。我剛從醫院回來，錯不了。」

「啊，這樣啊，太好了。」

祐太郎猶豫了一下，但覺得事到如今，也沒必要隱瞞委託的事，便回頭對經過旁邊的渡島說：

「呃，你可以拜託太太看看嗎？只要她同意，我們也可以把資料……」

渡島停步回頭：

「我當然拜託過她了。就是因為拜託她，她也只是閃躲，我才會去拜託你們。」

「更強烈地拜託看看呢？」

「已經太遲了。明日香現在絕大多數的時間，都因為藥物而意識模糊。我不想勉強她。」

距離渡島找上事務所還不到一個月。看來明日香的病況正一步步地惡化，狀況差到甚至長達二十四小時都無法操作手機。

「這樣啊。說的也是呢。」

渡島本來就要往公寓走去，但似乎回心轉意，轉向祐太郎說：

「你要上來嗎？」

「咦？」

「你是來拜訪我家的吧？我可以招待你喝杯咖啡。」

渡島不等祐太郎回答，逕自走了出去。那腳步像是在說「不跟上來就算了」。

「啊，喔。」

祐太郎追上渡島，回到大樓。穿過自動鎖的自動門，搭電梯前往十六樓。渡島一打開玄關，立刻就有個小女孩和年近三十的女人出來迎接。女人看到渡島背後的祐太郎，驚呼：

「啊，你是剛才的……真柴先生？」

「妳好，我是真柴祐太郎。」祐太郎向她行禮，也對躲在女人的腳後面，只露出半顆頭的小女孩打招呼：「妳好。」

祐太郎咧嘴一笑，小女孩立刻把臉藏起來，但很快又露出半張臉，盯著祐太郎看。

眼睛在笑。

「這是我女兒奏。她是佐藤，我不在的時候，替我照顧奏。」

渡島模糊地介紹祐太郎是工作上的朋友，進入屋內。

「請穿拖鞋。」

祐太郎照著吩咐穿上拖鞋。小奏對著渡島張開雙手，渡島小聲「嘿咻」一聲，抱起小奏往房內走。應該是平常的習慣，動作非常流暢自然。祐太郎跟在渡島後面進去，與自然從渡島的肩膀冒出頭來的小奏對望了。

「剛才是妳在彈鋼琴呢。妳很會彈嗎？」

小奏靦腆地笑，用力搖搖頭。

「彈些曲子給我聽嘛。」

小奏笑得小臉皺成一團，把臉埋進渡島的胸膛裡。

走廊盡頭是明亮寬敞的客廳，擺著稍大的餐桌、以及稍大的沙發組。同樣稍大的窗戶外，可以俯視陽台另一頭的東京車站周邊摩天大樓。窗邊擺了一架平台鋼琴。

「一、二、三！」渡島搖晃著小奏，把她的身體朝沙發拋去。

小奏咯咯笑個不停，渡島對她那模樣露出微笑，走向廚房。

「佐藤小姐也要喝咖啡嗎？」

「啊，咖啡的話，我來泡。」

正要在沙發坐下的佐藤作勢要起身。

「不用，妳是保姆，不是家事服務員。啊，如果可以，叫奏彈個鋼琴好嗎？」

「小奏，妳可以彈鋼琴給爸爸聽嗎？」

佐藤說，被扔出去後就這樣窩在沙發上的小奏滾動身體爬下沙發，走向牆邊的鋼琴。佐藤拉開椅子讓小奏坐下，再推回椅子，打開琴鍵蓋。

「啊，錄音。」小奏說。

「好、好。」

佐藤把手伸向鋼琴台上。拿的好像是手機。

「要用手機錄音嗎？」祐太郎說。

「好像是太太的舊手機。」

「現在是小奏的。」小奏說。「是媽媽給我的。」

「這就叫做『數位原住民』世代呢。」

佐藤對祐太郎笑道。可以錄音，也可以拍照、錄影。這麼一想，這年頭的智慧型手機即使失去了手機功能，依然有許多用途。對小孩子來說，是魅力無窮的超棒玩具。

「那我要錄囉。」

佐藤點擊螢幕，將手機放回鋼琴台上。

小奏見狀，望向鍵盤，挺直背脊，雙手輕輕地放到鍵盤上，眼神肅穆地盯著虛空，看起來就好像年幼的小女孩一下子蛻變成了少女。

祐太郎屏息守望著。少女緩緩地將身體往前推出，手指敲打鍵盤。瞬間，祐太郎差點「噗嗤」一聲笑出來。他用力憋住笑，別開的眼神與佐藤的眼神撞在一起。佐藤用「不准笑」的嚴肅眼神瞪著祐太郎，但自己的嘴角也陣陣抽動著。小奏的架勢和表情儼然一名職業鋼琴家，然而每一個音都零零散散，甚至無法聽出到底是在彈什麼曲子。剛才從門鈴聽到的原來不是隨手亂彈，似乎是嚴肅的演奏。

克服一開始的爆笑衝動後，那符合年紀的稚拙演奏令人莞爾。祐太郎在單人沙發坐下，聆聽演奏。泡咖啡的渡島也回來，在三人沙發坐下。佐藤在渡島的同一張沙發稍遠處坐下。斷斷續續的演奏持續了一會兒後，忽然沒了聲音。停頓良久，下一個音都沒有出來。祐太郎以為她是找不到正確的鍵而在猶豫，但其實演奏好像已經結束，小奏正沉浸在餘韻裡。她慢慢地滑下椅子，有模有樣地向三人鞠躬。祐太郎站起來用力鼓掌。小奏似乎沒預料到能得到如此熱烈的掌聲，害羞地垂著頭小跑步過來，爬到渡島旁邊淑女地坐好。佐藤接著站起來，拿起鋼琴平台上的手機結束錄音。

「剛才的曲子叫什麼？」祐太郎重新在沙發坐下來問。「感覺好像聽過。」

「〈洋娃娃的夢與醒〉。」

「嗯，不曉得耶。是很有名的曲子嗎？」

小奏歪頭：

「是媽媽教我的。」

「啊，這樣啊。」

「我們並不想把奏培養成鋼琴家，所以不想讓她接受嚴格的訓練。是奏想要彈鋼琴的時候，明日香教她的。明日香小時候也學過鋼琴，說她以前的鋼琴老師非常嚴厲，不希望奏用那種方式接觸音樂。」

渡島摸著小奏的頭說。聽起來像是在為小奏的琴藝辯解，也像是在懷念當時的情景。

「奏還只會彈這一首，不過這曲子很可愛對吧？」

「對啊。」

「媽媽在醫院，所以我要錄起來給媽媽聽。」小奏說。

「爸爸明天會帶去給媽媽聽。」渡島說。

「妳媽媽一定會很開心的。」祐太郎說。

「嗯。」

小奏滿意地微笑。

熟悉祐太郎後，小奏向他說了很多話，從鋼琴到幼稚園朋友的事，無話不說。以她這個年紀而言，應該算是口齒伶俐的。即使是不認識小奏的祐太郎，也能瞭解到她部分的日常生活。渡島見對話告一段落，對佐藤說：

「妳可以帶奏去一下她的房間嗎？我跟真柴有話要談。」

「啊，好。小奏，走吧。」

佐藤帶小奏離開客廳。兩人一離開，感覺客廳頓時變得空蕩蕩的，就好像在暗示女主人死後這個家的冷清。

「小奏真可愛。」祐太郎說。「又很聰明。一般那個年紀的小孩，說話沒辦法像她那樣有條理呢。」

「啊，真的嗎？」渡島說。「要不要再來一杯咖啡？」

「啊，不用了，謝謝。」

「這樣。」

原本要起身的渡島坐了回去。他嘆了一口氣，交握雙手看祐太郎：

「我能不能拜託你？」

「咦？」

「明日香委託刪除的資料，可以讓我看看嗎？我覺得你應該會願意幫我。」

「啊，呃……」

「明日香已經來日無多了。雖然我祈禱不會變成這樣，但也明白這是在祈求奇蹟。奏才五歲，對母親的記憶很快就會淡去，但我還是希望她能盡可能記得母親的樣子。我覺得明日香託付給你的資料非常重要。母親生前是個什麼樣的人？這段記憶，或許會成為奏十五歲、或二十歲時的心靈支柱。或是她自己成為人母的時候、為了育兒而煩惱的時候，知道自己的母親是個什麼樣的人，我覺得對她比較好。你明白我說的意思嗎？」

「我明白。」祐太郎點點頭。「我覺得我懂。」

「我不會要你們現在立刻讓我看。等到明日香離開以後就行了。請不要把資料刪除，讓我看看。」

「我沒有辦法。能夠接觸到委託人要求刪除的資料的，就只有圭——啊，我們所長。」

「是嗎？這樣啊。」

渡島垮下肩膀。

「不過，我會拜託他看看。」

渡島抬起頭來。

「我也覺得這很重要。」

「謝謝你。」

渡島深深行禮。

儘管和「dele.LIFE」位在同一棟大樓，但這是祐太郎第一次拜訪「坂上法律事務所」。祐太郎前往櫃台所在的二樓，向妝有點濃的櫃台小姐要求見舞。

「見所長嗎？您應該沒有預約，請問有何貴幹呢？」

「啊，呃，妳可以跟她說真柴祐太郎來找她嗎？有事——呃，是關於地下的事。」

「地下的事？」

「啊，地下，就這棟大樓的地下。」

祐太郎指指下方，櫃台小姐露出恍然的表情：

「失禮了。請在那邊稍等一下。」

祐太郎在櫃台旁邊的沙發坐下來。偶爾會有所員經過面前走來走去。每個人都西裝筆挺，腳步堅定毫不遲疑。祐太郎合攏敞開的連帽外套前襟，拉上拉鍊。雖然很想罩上帽子，但那樣看起來會像可疑人物，他作罷了。

舞很快就從裡面出來了。她看見沙發上的祐太郎，朝他招了招手。祐太郎起身隨她走去。事務所裡，所員們忙碌地工作著。舞大步穿越事務所，進入一個小房間。桌子兩旁各擺了一把椅子。由於桌子是木製的，加上椅子是設計款，因此不至於顯得單調冷漠，但房間很簡素。不是會客室，應該是用來進行公務面談的房間。

「真難得，應該說，你第一次來？」

「是啊。啊，果然不太一樣。」

祐太郎在舞勸坐的椅子坐下來說。

「什麼不一樣？」

「氛圍跟地下差多了。既明亮，人又多。怎麼說，感覺時間確實在流動。」

「那裡的時空是扭曲的嘛。有時候從那裡回來，還會覺得有時差呢。」舞笑道，但很快就收起了笑。「你來有什麼事？」

祐太郎正襟危坐：

「關於渡島先生的事，我有個請求。可以請妳要圭交出資料嗎？」

祐太郎向舞說出今天他去渡島家的事。

「我明白不應該做出違反委託人意願的事，但我覺得這次狀況不同。委託人的意志應該要尊重，但我覺得她死去以後，應該把資料夾裡的東西做為她身為母親的一部分，留給小奏當成回憶。」

「你連裡面裝了些什麼都不知道，卻這麼說嗎？真的可以交給才五歲的小奏嗎？」

「當然要看內容，但我還是覺得該怎麼轉達、什麼時候轉達，應該交給渡島先生決定，我們不應該刪除。」祐太郎說。「沒有人會想要把屁的味道留下來吧。但是有可能某天小奏聞到自己的屁味，會想起過去聞到的母親的屁味。我覺得這一樣是很珍貴的回憶。即便死去的人不希望，我還是覺得保留下來比較好。」

「屁味喔？」舞笑了。

「即使是那種東西，有時候還是會覺得幸好留下來了。因為不管再怎麼珍惜，記憶總是會消失不見的。」

舞直瞅著祐太郎，接著微笑：

「我不會要求你公私分明，但還是覺得你公私不分了。這件事跟你自己有關嗎？」

祐太郎並不覺得自己公私不分，但既然舞這麼感覺，應該就是如此。祐太郎閉上眼睛，用拇指根揉了揉眼皮。

夏季的庭園。戴著帽子的少女。回首輕柔地一笑。帽子的顏色是……

「跟我自己並沒有關係啊。」祐太郎睜眼笑道。

「是嗎？」

「是啊。」

舞窺看祐太郎眼睛深處的眼神帶著奇妙的親暱。

「好吧。」舞點點頭。「我不知道他會不會聽，不過我試試看。現在嗎？」

「可以的話。」

「等我一下。」

祐太郎等舞處理完幾件事，一起下去地下。見他們進入事務所，圭司不禁皺起了眉頭。他背靠在輪椅椅背上，從容地望著站在辦公桌前的兩人。

「明日香女士還活著。」祐太郎說。「我向渡島先生確認過了，不會錯。」

「好。」圭司點點頭。

然後呢？他以質問的眼神看著祐太郎。

「我和渡島先生談過了。渡島先生說，明日香女士委託的資料，在她生前可以保持祕密沒關係，但希望在她死後不要刪除。也為了小奏，希望你不要把資料刪除，而是交給他。」

「辦不到。」

圭司的回答決絕無情。

「對我們來說，委託就是一切。就算所有的相關人士全都反對，我也要完成委託。」

那頑固的語氣令祐太郎說不出話來。舞伸出援手似地說：

「我想你應該知道，法律上，在過世的同時，就產生了繼承。委託人死亡那一刻，委託人的手機所有權就轉移到繼承人手中了。明知道違反繼承人的意志，卻侵入手機，有可能違反禁止非授權存取數位資料的法令。」

圭司看舞，哼了一聲：「搬出法律壓人喔？想告我就告啊，大律師。」

圭司說完後，抓住輪圈轉動輪椅，背對兩人。舞想要開口，但似乎無話可說。她望向祐太郎，搖了搖頭。

「那，只要委託人取消委託就行了吧？」祐太郎雙手按桌說。「這樣你就沒話說了吧？」

「什麼？」

圭司背對著出聲。

「我去說服委託人。」

祐太郎不認為連丈夫渡島都做不到的事，自己有辦法做到，但他實在是無法袖手旁觀。背後傳來圭司澆冷水闡述成功率有多低的聲音，但祐太郎不理會，離開事務所。

渡島明日香住院的醫院，位在面對東京灣的海浦新生地上。院內導覽圖顯示，內科病患的住院病房在七樓的西棟與東棟。他先搭中央電梯前往七樓，走出電梯後左顧右盼。正當他猶豫著不知道該往哪邊前進時，一名中年護士叫住他：

「是來探病的嗎？請去那邊的櫃台登記。請問是來探望哪位？」

祐太郎由護士領著，前往訪客櫃台。

「渡島女士，渡島明日香女士。」

走在祐太郎旁邊的護士停下腳步：

「你是家屬嗎？」

「不是。」

「那麼，今天有點不方便會客。現在家屬在那邊等待，你可以過去那裡。」

護士輕輕行禮告辭，快步往護士站裡走去。祐太郎走向護士指示的面談室。渡島正坐在椅子上，雙肘撐在腳上抱著頭。面談室裡沒有別人。祐太郎走過去，渡島察覺動靜，抬起頭來。

「今天跟你真有緣。」渡島說。「你又來確定死訊了？」

「不。我沒辦法說服所長，所以想要說服太太，請她取消委託。」

渡島嘆了一口氣，搖了搖頭：

「你一走，醫院就打電話來，說明日香陷入危篤，現在正在轉移病房。」

去。

「這樣啊。」

「就算想，也沒辦法取消委託了吧。」

祐太郎不知道該說什麼好，只是茫茫然地杵著。渡島對他微笑了一下，又垂下頭去。

「小奏她……呃，有沒有什麼我幫得上忙的地方？」

「哦，奏有佐藤小姐顧著。關於最後要怎麼安排，我和明日香已經討論過很多次了。不管是明日香還是奏，要在明日香離世的時候面對面，實在太痛苦了，所以我們決定不讓奏送別母親。我也和佐藤小姐說過了，請她到時候全程陪著奏。」

舞說明日香是去年發現罹癌的。後來夫妻倆花了很久的時間，充分討論過當自己死掉時、妻子死掉時，要如何面對。祐太郎悟出目前這階段，不可能有任何他能做的事。

「感覺會是漫長的一晚。」

渡島垂著頭喃喃道。

「這樣啊。」

祐太郎點點頭，拉開一點距離，在椅子坐下。

「我再去說服我們所長一次。」

「不，已經不用了。」

聽到渡島的話，祐太郎望向他。

「可是……」

「如果明日香希望那些東西消失，就把它刪掉吧。」

「可是小奏……」

「抱歉，那是藉口。我只是拿奏當理由而已。」

「咦？」

渡島深深嘆息：

「那是明日香手術結束，第幾次出院的時候去了……？」

渡島想了一會兒，搖了搖頭。

「這陣子明日香一直反覆住院出院，我記不清楚了。不曉得明日香第幾次出院，回到家裡的時候，我猜她看到我的手機了。我從廁所回到客廳時，發現她有點尷尬地別開目光。不，也許只是我多心了。那個時候，我的手機就擺在明日香前面的桌上。」

「裡面有什麼不該被明日香女士看到的東西嗎？」

渡島瞥了祐太郎一眼，輕笑：

「我在你這個年紀，也覺得等我到了四十歲，應該早就沒有性欲了。即使不到完全沒有，應該也可以充分控制。」

這是在說什麼？

祐太郎本來想問，住口了。渡島正要吐露的是什麼事，顯而易見。

「外遇對象是佐藤小姐嗎？」

「是她的前任，上一個保姆。佐藤小姐是第二任。我和她的上一任犯下錯之後，我立刻給了她一筆錢，請她辭職。」

渡島沉默著，就像在等待責難的話語，但祐太郎並不想這麼做。

祐太郎大概可以想像，主動引誘的應該是對方。渡島五官立體、身材結實，是個成功的商業人士，又是個溫柔的好爸爸，再加上妻子來日無多，女人不可能會放過他。祐太郎會揣測渡島和佐藤的關係，也非全無來由。佐藤深受渡島吸引，就連初次見面的祐太郎都能察覺到這樣的情愫。但理所當然，這不管對任何人，都無法成為安慰。

「你的手機裡有外遇的證據？」祐太郎問。

「我也沒粗神經到那種地步。不過手機裡有和她之間的郵件。雖然是討論工作的郵件，但以保姆寄給雇主的內容而言，措辭應該太親密了。」

「明日香女士看見了？」

「我不知道。也許她看見了，也許沒看見。也許她看見也察覺了，也可能看見了，但沒有察覺。我實在不知道。後來過了一段時間，明日香要求我介紹坂上小姐給她，我問她為什麼，她說有些東西，想要在自己死後刪除。我追問是什麼東西……」

她微笑道：祕、密。

「這回答要怎麼解讀都行。但不管怎麼解讀，我都不可能拒絕。我把坂上小姐介紹給明日香，坂上小姐在明日香請求下，轉介了你們的公司。然後明日香把資料交給了你們。隨著明日香的病況惡化，我愈來愈想知道那些資料究竟是什麼，簡直是坐立難安。所以我才會找上門去。」

「你認為從明日香女士留下的資料，可以得知她是否知道外遇。」祐太郎說。

「如果明日香發現了，我想向她道歉。但如果她沒有發現，我必須隱瞞到底。我這麼打算。」

妻子的病況每況愈下。賠罪的時限步步逼近。渡島一定難以承受。

「但是就連當時受到罪惡感折磨的痛苦，現在都覺得太天真了。對當時的我來說，明日香還是個活生生的人，所以我也才能去想賠罪那些。但明日香馬上就要走了，對於這樣的人，也沒有什麼賠罪可言了。那些東西，都只是留下來的人的自我滿足。」

「自我滿足又有什麼關係？」祐太郎說。「活下來的人，往後還得繼續活下去啊。」

渡島從稍遠處的座位空洞地看向祐太郎：

「是嗎？我不懂。今天我拜託你讓我看資料，是為了面對自己的罪。」

「罪？」

「我是面臨死亡的明日香最必須信賴的人，然而我卻成了她最無法信賴的人。明日香失去了人身為生物，可以傾吐出最深刻的不安與憤怒的對象。所以明日香才會把資料託付給你們。啊，明日香一定知道我外遇了。那些資料，一定是明日香最見不得人的感情。我必須知道那是什麼，我必須瞭解自己的罪有多重。我這麼認為。」

可是……渡島無力地繼續說下去。

「可是事到如今，連這些都不重要了。跟罪的深重無關。我現在就要受到最沉重的懲罰了。我就要失去明日香了。」

渡島再次把手肘放在腿上，臉埋進雙手中。

祐太郎不知道能說什麼。和剛才不同的另一名護士走進面談室。

「渡島先生，病房準備好了，請過來。」

渡島抬頭，站了起來。祐太郎跟著起身，護士困惑地看著他和渡島。

「如果要會面的話，現在家屬以外的人也沒關係了。要一起去嗎？」

已經是臨終了——護士說。

「請你迴避吧。我想跟內子獨處。」

渡島頭也不回地說。

「當然。」祐太郎點點頭。「我可以在這裡等嗎？」

「我不能跟你保證什麼。我不知道等一下我會是什麼狀況。」

「請別在意。這才是我的自我滿足。」

渡島走了出去。

「這裡晚上八點關閉。之後還要繼續等的話，請到一樓大廳。」

護士說完，跟著渡島離開面談室了。

祐太郎掏出手機，傳訊息給遙那：

『今天我可能沒辦法回去，可以麻煩妳餵一下小玉先生嗎？』

很快就收到了回覆：

『你要去哪！約會嗎！』

『工作。』

『太廢啦～』訊息附上癱睡的小玉先生照片。

「原來她來了。」祐太郎喃喃，收起手機。

這是個漫長的夜晚。八點多的時候，另一名護士過來，請他離開住院病房大樓。

「渡島先生呢？」

「還在病房。今晚應該會一直陪著。」

護士表情平靜地說。遙那也像這樣面對一步步離世的病患和家屬嗎？祐太郎想著這些。

他走下一樓，坐在大廳椅子上。原本三不五時會看到的職員和貌似業者的人，也隨著夜深而變少了。九點以後，除了祐太郎坐著的大廳一隅外，連燈也熄了。

祐太郎雙手插在外套口袋裡，伸直了腿，閉上眼睛。

不意間，十年多前的記憶浮現心頭。年紀尚幼的妹妹不肯去醫院，跟母親鬧脾氣。哥哥陪妳一起去！祐太郎說，妹妹才稍微聽話了些。妹妹小學畢業，上了國中，依然維持著這樣的習慣。陪著妹妹和母親三個人一起上醫院時，祐太郎都得一個人在醫院漫無目的地打發時間，直到妹妹治療和檢查結束。那段記憶絕不痛苦。有時下班回家的父親也來會合，四個人一起上館子，然後回家。對於當時的祐太郎來說，醫院是最能讓他感受到他們是一家四口的地點。回想起一家人的情景時，有時那地點不是當時住的家或全家出遊的地點，而是醫院。

十一點多時，大廳一隅的照明也熄了，只剩下微光朦朧地照亮樓層。

祐太郎上了幾次洗手間，買自動販賣機的巧克力棒充饑。幾輛救護車進來，急診室傳來人聲，但音量不足以聽清楚內容。黎明時分，他落入了淺眠。睡眠中，他感覺聽見了稚拙的旋律。

啊，是熱水器的音樂。

似睡非睡之間，祐太郎想了起來。

小奏彈奏的旋律，是家裡的熱水器通知浴缸的水熱好的音樂。

他忽然感覺到動靜，朝那裡望去。

渡島就站在旁邊。祐太郎一口氣清醒，站了起來。渡島與祐太郎對望，表情沉痛，牙關用力咬緊了一下。

「剛才走了。」

嗚咽就要衝上咽喉，渡島立刻強嚥回去。

「這樣啊……」

「現在正在清理遺體。」

太令人難過了。不要太傷心。請節哀順變。

祐太郎無法說出任何一句想到的話，只是低下頭來。這時他發現渡島的左手緊握著一樣東西。

「那是……」

渡島注意到祐太郎的視線，遞出手上的東西：

「手機，明日香的手機。她在死前交給我的。」

渡島的表情扭曲了，滂沱淚水潰堤而出。

「她叫我絕對不可以關機。這是我唯一聽得清楚的她的最後一句話。吶，你知道這話的意思嗎？明日香到底……到底要我……」

接下來的話被嗚咽蓋過了。渡島右手摀嘴，用握緊手機的左手背一次又一次揩去流出的淚水。但這並沒有持續太久，他很快便崩潰似地跪到地上，雙手扶地，對著地面吼叫似地放聲哭喊。

祐太郎無法伸手搭他的肩，也沒有半句話可說，只能默默地看著眼前蜷縮在地上哭泣的渡島。

一大清早的電車很空。祐太郎本來想直接搭回家，但途中改變了心意，轉乘開往都心的電車，前往「dele.LIFE」的事務所。

他在五點半抵達大樓前面。大樓門口當然還沒有開。人行道和大樓之間有三階，祐太郎在中間那一階坐下來，準備坐到有人來開門。八點左右應該就會有人了。他這麼想，然而還不到六點，背後就傳來聲響。回頭一看，圭司正要離開大樓。

「早。」祐太郎說。

「的確很早。」圭司說。

這是祐太郎第一次看見圭司穿著全套運動服。

「呃，咦？你要出門？」祐太郎問，站了起來。

「去散步。」

圭司從階梯旁的斜坡推下輪椅。

「哦，散步。一大清早散步，好像老頭子。」

祐太郎在旁邊走著說。

「要是我用跑的，你就跟不上了。」

「啊，你本來要跑步？」

「沒關係，偶爾悠閒一點。」

轉輪圈的手不是往前拉回原位，而是順著車輪的動作畫過一圈，繞回原位，再推動輪圈。祐太郎走在圭司旁邊，看著他的動作。

「你總是這麼一大清早出門運動？」

「再晚一點，人行道上就都是通勤人潮了，會擋路。」

「你為了不妨礙別人，才這麼早出門？」

圭司皺眉仰望祐太郎：

「是別人會擋我的路、妨礙我。沒辦法，我只好這個時間出門跑步。」

「喔。」祐太郎點點頭。

「你這麼早來幹嘛？難不成你說服委託人了？」

我要去說服委託人取消委託——祐太郎想起昨天自己丟下這句話，衝出事務所。

「不是啦。明日香女士過世了。」

圭司停下輪椅。他倏地轉回輪椅，折回來時的路。祐太郎也轉身跟在旁邊。

「有狀況就立刻回報，閒聊什麼？」

「啊，你要去執行委託？」

「對。」

「可是那是舞小姐介紹的客人吧？不是得等到火葬以後嗎？」

「渡島明日香是舞介紹的，但她不是舞的客戶，所以這次不需要等到火葬結束。」

說完後，圭司忽然停下輪椅，仰望祐太郎：

「你要阻止我？」

「我不知道。」祐太郎說。「我不知道該怎麼做才好，所以不會阻止。」

圭司只是冷哼一聲，繼續移動輪椅。

抵達事務所後，圭司繞到辦公桌另一頭，把土撥鼠拉過去。祐太郎站在辦公桌前，看著圭司操作土撥鼠。

「真的確定死亡了吧？」

圭司抬頭問。

「嗯，錯不了。從來沒有這麼確定過。」

既然確認死亡，圭司不可能猶豫。然而圭司對祐太郎的回答點點頭後，面對土撥鼠，手卻忽然停了下來。接著他的手離開鍵盤，頭向後倒，嘆了一口氣。

「怎麼了？」祐太郎問。

「委託過程應該出了差錯。」

「差錯？」

圭司把土撥鼠的螢幕轉向祐太郎。

「指定刪除的是雲端上命名為『T・E』的資料夾內容，委託人指定將這個資料夾清空。」

「嗯，對啊。裡面裝的是什麼？」

圭司從螢幕後面伸手敲打觸控板，打開「T・E」資料夾。

「咦？」祐太郎說。

資料夾裡空無一物。

「沒錯，這個叫『T・E』的資料夾是空的。委託人從一開始就指定了一個空的資料夾。」

「這……」

「不是弄錯要指定的資料夾，就是忘了放進資料。」

祐太郎想起在眼前哭倒的渡島的背影。

「可以查出什麼嗎？」

「查出什麼？」

「什麼都可以。如果是弄錯指定資料夾，是跟哪一個資料夾搞錯了？如果是忘記放進資料，那些資料是不是在其他地方？有沒有什麼線索？這個樣子，渡島先生太可憐了。」

「反正渡島不曉得被刪除了什麼，對他來說都是一樣的。」

「或許是這樣，可是這樣很殘忍耶。渡島先生為了這件事非常痛苦。」

祐太郎把在醫院聽到的內容告訴圭司。

「我本來想請你讓我看看被委託刪除的資料，在明日香女士應該會同意的範圍內，把內容告訴渡島先生，好安慰他。欸，真的查不出什麼嗎？」

「怎麼可能查得到？什麼都有可能啊。那可能是照片、影片，也可能是文字檔，或是郵件，也有可能是這些的組合，根本無從鎖定。如果說有什麼線索，就只有這個資料夾的名字了。」

「T‧E嗎？這是什麼意思呢？」

「照一般想，應該是姓名縮寫。」

「誰的？」

「我哪知道？就算T是姓，但也不是渡島明日香（Toshima Asuka）、奏（Kanade）或隼人（Hayato）。」

圭司冷漠的語氣令祐太郎惱怒，但確實他也想不到更多的線索了。而且如果委託人不是忘記放進資料，而是弄錯指定資料夾，那麼即使明白「T‧E」的意思，也沒有意義。

「這個委託，這樣就結束了？」祐太郎問。

「也不能隨便亂猜，任意刪除資料。這樣就結束了。」

「嗯，說的也是呢。」

沒有反駁的餘地。圭司把土撥鼠拉回去，闔上螢幕。

後來過了約十天，祐太郎拜訪渡島的公寓。他從十點左右就一直坐在大樓門口附近的花壇等待。他原本以為佐藤應該會在幼稚園放學左右的時間過來，但她約十一點多就現身了，比預期的時間早了許多。她看見站起來的祐太郎，頷首後走近。

「怎麼了？」

「我很掛意後來怎麼樣了。」

「你沒來參加喪禮呢。」

「嗯，我去也很奇怪。」祐太郎說。

也許後來渡島向佐藤說明了祐太郎的身分，她輕輕點頭說「這樣」。

「呃，他們兩位稍微平靜些了嗎？」

「渡島先生……嗯，是啊，稍微平靜些了。雖然有可能只是他這麼表現。」

「小奏呢？」

佐藤的表情沉了下來，搖了搖頭。

「雖然這也難免，但她一直很難過。」

「這樣啊。」祐太郎說。

「啊，今天你有空嗎？啊，可是我不方便任意招待你呢。我會告訴渡島先生，然後再邀請，請你務必賞光。也請你再聽聽小奏彈琴吧。她這陣子完全不彈鋼琴了。太太過世以後，大概第三天左右吧，她只彈了那一次，然後就再也不彈了。她說反正媽媽不會聽她彈琴。」

「啊……」祐太郎說。

他想像坐在寬闊客廳的大鋼琴前，垂頭喪氣的小奏，也想像起站在她身後不知所措的渡島。

「你要見見小奏嗎？我現在要幫小奏烤瑪芬蛋糕，然後去幼稚園接她。大概一小時後就會過去，你可以等到那時候嗎？」

「不，今天有點……」

「啊，這樣啊。」

「呃，我想問件事情。」

「什麼事？」

「佐藤小姐，妳認識妳的上一任保姆嗎？」

「哦，遠藤小姐。不，我不認識她。遠藤小姐不做了以後，我才進來的，所以甚至沒見過她。」

「她姓遠藤嗎？底下的名字叫什麼？」

「這我就不清楚了。渡島先生曾經不小心把我叫成遠藤小姐，所以我才會知道……」佐藤說到這裡，忽然想起來似地抬頭。「啊，多惠。對，小奏是這麼叫她的，說之前的保姆叫多惠，嗯，我聽小奏說過。不是叫多惠，就是多惠子，或者是別的名字，不過小奏都叫她多惠。」

遠藤多惠（Endo Tae）。T・E。

「這樣啊。」祐太郎點點頭。「抱歉問了奇怪的問題，謝謝妳。」

祐太郎向佐藤行了個禮，走了出去。

「啊，那個，真的請你有空來坐坐。我會跟渡島先生說一聲，請你來聽小奏彈琴吧。」

祐太郎回頭，又行了個禮：

「好的，下次有機會我一定來。」

祐太郎笑著說，心中卻罩上了陰霾。

回到事務所後，祐太郎把向佐藤打聽到的事告訴圭司，說出自己的想法。

「本來就是空的？」圭司問。

「我這麼認為。」祐太郎點點頭。「明日香女士本來就不打算放東西進去那個資料夾。那個資料夾，是為了折磨渡島先生才做的。明日香女士應該看到了渡島先生和那個姓遠藤的保姆的信件，懷疑他外遇。但她沒有確信，所以才做了那個資料夾。如果渡島先生和遠藤之間清清白白，那麼『T・E』就只是沒有意義的英文字母。但如果渡島先生和遠藤之間有什麼，那麼『T・E』就有了截然不同的意義。發現空資料夾的渡島先生會想，這裡面本來有東西，然後揣測裡面原本放了些什麼，煩惱不已。因為怎麼可能不煩惱嘛？如果有什麼想要刪除的資料，整個資料夾刪除就行了。只留下資料夾的外殼，光刪除內容，這不是沒有意義嗎？」

「說的沒錯。」圭司點點頭。

「所以那是只為了讓渡島先生看到『T・E』這兩個字母而做的資料夾，是純粹為了折磨渡島先生而做的資料夾。所以她在臨死之際才會留下遺言，叫渡島先生保持手機開機。這樣一來，渡島先生就會注意到手機，遲早都會發現這個資料夾。」

「而我們被拿來利用了？」

「我猜明日香女士是想到很久以前渡島先生向她提起的我們公司，靈機一動。對明日香女士來說，讓渡島先生知道她委託刪除資料這件事本身才是最重要的。如此一來，渡島先生就會一直煩惱，揣測明日香女士究竟從資料夾裡面刪除了什麼。」

「如果真是這樣，那實在太可怕了。」

「就是啊。」

祐太郎不由自主地祈禱，希望渡島盡可能不要注意到這個資料夾。

就在隔天傍晚，渡島邀請他們去家裡作客。

「好的，我很樂意。」

圭司掛斷電話，祐太郎問他是什麼電話，圭司說是渡島的邀請。

「明天下午三點，我們要去渡島家，聽他女兒彈鋼琴。」

「圭也要去？」

「他先為那時候的事道歉再邀請，我也不好斷然拒絕。而且渡島還是舞的顧客。」

「這樣啊。」

「這也算是業務的一部分。你明天可別再穿那件髒兮兮的連帽外套。」

隔天祐太郎換上鈕釦領襯衫，套上開襟衫，底下穿件棉質長褲，前往事務所。這是以前祖母買給他的行頭。祖母生前他穿過幾次給老人家看，但總覺得不適合自己，因此祖母死後幾乎沒有再穿過。

「原來你也能穿得人模人樣。」

一如往常規矩地穿著西裝外套的圭司有些驚訝地說。

「比平常的打扮看起來更像社會人士一點。」

「是喔。那我平常都這樣穿好嗎？」

「我可沒這麼說。你愛穿什麼都無所謂。」

時間一到，兩人驅車前往渡島家。渡島和佐藤到玄關迎接。

「這次的噩耗，我深感悲悼，請節哀順變。」

圭司行禮，渡島也深深回禮：

「我才是，上次真是失禮了。後來明日香的委託……」

問到一半，渡島搖搖頭說：

「你不會回答這個問題呢。不，沒關係，我不打算舊事重提。今天請輕鬆作客吧。」

「小奏呢？」祐太郎問，渡島「哦」地含糊其詞，催促兩人入內。祐太郎把圭司的輪椅推進去後，在車輪罩上罩子，免得弄髒地板，再推過走廊。隨著渡島和佐藤進入客廳後，發現小奏趴在沙發上似地窩著。

「奏，妳還記得祐太郎哥哥吧？這位是圭司先生，坂上圭司先生。」

小奏慵懶地爬起來，看見坐輪椅的圭司，臉驚訝地僵住了。

「妳好。」圭司說。

「啊，你好。」小奏也說。

桌上擺著三明治和沙拉等輕食。

「要不要喝點紅酒？」渡島問。

「我酒品不好，請不必客氣。」圭司說。「這傢伙要開車。」

「啊，那，我去泡個咖啡。」

渡島前往廚房，佐藤也過去幫忙。

小奏顯然不知道該擺出什麼態度好，尷尬彆扭。祐太郎認為圭司應該不會打圓場，正要開口，沒想到圭司搶先問小奏：

「妳知道百米賽跑的世界紀錄嗎？」

「啊，咦？」

「嗯，我也不太清楚。大概是九秒五多吧。那妳知道輪椅的百米賽跑的世界紀錄嗎？不知道？我也不太清楚，記得好像是十三秒多。兩百公尺賽跑、四百公尺賽跑，一樣比不過健全者。不過從八百公尺開始，輪椅就跑得比人快了。差距愈來愈大，全程馬拉松的話，輪椅可以一小時二十分鐘就跑完。相較之下，甚至有人說健全者要在兩小時以內跑完全程馬拉松，在生理學上是不可能的事。」

小奏的頭上浮現一堆問號。

「呃，你說什麼生理學，小孩子聽不懂啦。」祐太郎對圭司細語。「她才讀幼稚園耶？」

不出所料，小奏不知如何是好地歪著頭。

圭司不理會，繼續說下去：

「所以妳不用覺得我很可憐。我不喜歡人家這樣看我。妳也一樣吧？」

「啊，咦？」

突然被問到自己，小奏愣住了。

「妳覺得自己很可憐嗎？」

小奏用力搖頭。

「沒錯。妳只是很傷心，並不是可憐。如果有大人看到傷心的妳，覺得妳很可憐，那是大人不對，而不是妳不應該傷心。妳大可以傷心，盡情地傷心。」

「啊，好。」小奏點點頭。

「嗯。」圭司也向她點點頭。

兩人對望，若有似無地對笑。

「咦咦？」祐太郎驚叫。「這樣就打成一片囉？或者說，圭，原來你可以跟小孩子溝通喔？我還以為你討厭小孩子哩。」

圭司不可思議地仰望祐太郎：

「我怎麼可能討厭小孩子？而且用這個高度在路上走，對看到的幾乎都是小孩子。」

「啊，原來如此。」

「小孩子的反應比大人坦率多了。也常有小孩子跟我說話。」

「跟你說話？真的嗎？」

「像是問我會不會痛，叫我走旁邊一點。反應形形色色，很有趣。」

「啊，這樣啊。」

渡島和佐藤端著放飲料的托盤從廚房出來了。眾人坐到桌旁，吃著輕食，聊了一會兒後，渡島說：

「奏，可以彈鋼琴給我們聽嗎？」

小奏為難地看父親，垂下頭去。

「再彈給我們聽嘛。」祐太郎說。「我們今天是專程來聽妳彈琴的喔。」

小奏看祐太郎，然後看圭司。

「用不著勉強。」圭司吃著三明治說。「也不用強裝開朗。妳想怎麼樣就怎麼樣。」

小奏又垂下頭。一會兒後，她的屁股滑下椅子，走向鋼琴。

「啊，妳願意彈給我們聽嗎？」

佐藤離席，為小奏擺好椅子，打開琴鍵蓋，接著拿起鋼琴上的手機。

「要錄音嗎？」

「不用了。反正媽媽不會聽。」

「可是上次妳叫我錄音……」

「已經不用了。反正媽媽又不會聽。」

佐藤拿著手機，回到桌旁。小奏盯了琴鍵半晌，然後放上雙手，開始彈奏起來。祐太郎想起沒有事先提醒圭司小奏的演奏，擔心他會笑出來，觀察他的反應，但圭司一點都沒有要笑的樣子。圭司起初帶著淡淡的微笑，一個音一個音仔細聆聽，但表情漸漸僵硬起來。

「這是……」

圭司接下來喃喃的話，祐太郎聽不清楚。

——托拉姆烏艾爾維恩。

祐太郎覺得是這樣的音。

「什麼？」

他小聲反問，但圭司沒有重述，而是喃喃：「是夢與醒嗎？」

「嗯，對。是叫〈洋娃娃的夢與醒〉的曲子。」

祐太郎低語道，但圭司沒有再說什麼。他看著小奏彈琴，似乎默默地在想事情。不久後，小奏演奏結束了。祐太郎站起來鼓掌，圭司也送上掌聲。小奏滑下椅子，低頭行禮。

「剛才的曲子，是媽媽教妳的嗎？」

圭司問，小奏點點頭。

「剛才說的錄音是什麼？」

這次他問佐藤。佐藤遞出手上的手機：

「用這個錄音。這是太太的舊手機。去給太太探病時，小奏會自己帶去，或是渡島先生帶去給太太聽。最近太太狀況不好，所以多半都是渡島先生帶去。太太聽完演奏後，會刪掉錄音，交給渡島先生，讓小奏再錄新的。」

「會刪掉錄音？」

「啊，是啊。為了讓小奏知道太太確實聽了演奏。」

「我可以看一下嗎？」

「好的，請。」

圭司接過手機，操作螢幕。

「用什麼錄音？」

「這個程式。是以前太太指定的。」

「我對這類科技玩意兒完全不在行，所以是明日香出院在家時，全部交代給佐藤小姐處理。」渡島插口。「有什麼問題嗎？」

「哦，不是什麼問題。」圭司說著，繼續操作手機。

「她說會一直聽的！」

一道高亢的叫聲冷不防響起，祐太郎驚訝地轉頭望去。小奏滑下椅子後一直站在那裡，小小的身體顫抖不止。

「媽媽說她會一直聽，所以叫我一直彈下去。可是媽媽不聽了。明明說好會聽的，媽媽是騙子！」

「小奏……」

佐藤跑過去，抱緊顫抖的小身體。

「媽媽不是騙子，媽媽怎麼會是騙子呢？可是沒辦法啊，媽媽一定也想要永遠永遠聽小奏彈琴的。可是媽媽做不到了。小奏，妳要懂事啊。」

佐藤哽咽地說著，抱緊小奏的身體，安撫似地撫摸她的背。渡島看見兩人那樣子，難過得表情都扭曲了。

「媽媽是騙子！」

小奏扭動身體，想要掙脫佐藤的懷抱。

「不是的。」佐藤拚命抱住小奏。「不是那樣的。」

「騙子！騙子！騙子！我討厭媽媽！我討厭媽媽！」

小奏終於推開佐藤，衝了出去。一時之間，椅子上的祐太郎和渡島都來不及反應，但圭司擋住了她的去路。看到輪椅衝出自己前面，小奏嚇得腳一滑，跌了個四腳朝天。她眼睛紅腫地瞪著圭司，倒在地上踹輪椅。

「走開！」

她又踹了一腳。

圭司不為所動。他探出身體，手伸向小奏。

「妳媽媽死了。」

「圭！」

祐太郎忍不住制止，但圭司不理會，朝著茫然坐倒在地的小奏伸出手說：

「妳覺得人死了以後會去哪裡？」

小奏被魅惑住了似地看著圭司，不停地搖頭。

「是啊，不知道呢。我也不知道。雖然不知道，不過一定是很遙遠的地方。妳不這麼覺得嗎？」

小奏像在思考似地停頓了片刻，點了點頭。

「嗯。」圭司也點點頭。「所以需要時間。妳媽媽得花上很久很久的時間，才能回來聽妳彈琴。但她一定會來聽的。因為她已經跟妳說好了。不管花上多久的時間，不管那個地方有多遙遠，她都一定會回來聽妳彈琴。」

「一定嗎？」

「嗯，一定。我可以知道。」

「真的嗎？」

圭司又用力點點頭。

「這是第一次，所以得花上比較久的時間，但是第二次以後，就不用這麼久了。所以第一次妳要有耐心點，等媽媽回來。妳做得到吧？」

小奏直勾勾地看了圭司好一會兒，點了點頭。圭司說著「喏」，輕輕搖了搖伸出去的手。小奏伸手握住那隻手。圭司拉起了小奏。

「去洗把臉吧。」圭司柔聲說。

小奏又點了點頭，和佐藤一起離開客廳。圭司見狀，把輪椅轉向桌子。

「渡島先生，我聽說太太把手機交給你了，真的嗎？」

「啊，對。她在最後把手機交給我了。」

「然後她交代妳，不要把手機關機。」

渡島看了祐太郎一眼，視線回到圭司身上，點了點頭。

「對，沒錯。」

「這怎麼了嗎？」祐太郎問。

「〈洋娃娃的夢與醒〉，是德國人歐斯汀作的曲子。『夢與醒』的德文，是Träumen und Erwachen。」

「咦？」

「是T＆E，T．E。」

「啊，是那個資料夾！」

「資料夾名稱不是姓名縮寫，而是〈夢與醒〉的簡稱。那是用來存放〈洋娃娃的夢與醒〉的演奏的資料夾。」

圭司操作佐藤交給他的手機。

「用這個錄音程式錄下來的資料，設定為全部傳送到這個資料夾。」

圭司向祐太郎出示手機螢幕。畫面上有命名為「T．E」的資料夾。

「咦？名字一樣的資料夾？」

「應該說，它們是同一個資料夾。」

「在不同的手機裡，咦？同一個資料夾？」

「它設在雲端上，因此實質上是同一個資料夾。這支手機無法通話，但是透過家中的Wi-Fi與網路相連。這個資料夾經由雲端，和委託人的手機同步。」

「啊，嗯。」祐太郎點點頭，決定只問結論。「所以怎麼樣？」

「只要在這支手機的『T・E』資料夾放入檔案，委託人手機裡的『T・E』資料夾也會出現一樣的檔案。然後如果從委託人的手機『T・E』資料夾刪除內容，這支手機上的『T・E』資料夾裡的內容也會被刪除。」

「這是……」

「對小奏來說，演奏錄音檔刪除消失，就是媽媽已經聽過的證據。」

「啊……！」祐太郎驚呼。

小奏把演奏錄起來。然後比方說，她抱著這支手機在夜晚入睡，隔天早上醒來時，發現手機裡的演奏錄音檔不見了。就彷彿在她睡著的期間，媽媽聽了她的演奏。

圭司打開「T・E」資料夾。裡面有個音樂檔。應該是母親過世三天後，小奏在今天以前唯一一次彈奏的的錄音。如果現在透過土撥鼠查看委託人的手機裡面，應該會發現「T・E」資料夾裡也有一樣的檔案。

「原來明日香女士的委託，是刪除未來的資料嗎？」祐太郎說。

「面臨死亡，委託人思考死後能為女兒做些什麼？但委託人誤會了，她以為我們的程式會自動刪除指定位置裡的資料。如果有新的資料存進去，就會不斷地自動刪除下去。」

「官網上是不是寫得讓人產生這種誤會啊？」

「我不這麼覺得，但我會負起責任。」

圭司說，望向渡島。

「太太交給你的手機，請不要關機，保持電力充足。啊，如果可以，最好收在不會被小奏看到的地方。如果發現有新的錄音檔，我們就會刪除。我不能保證會永遠刪除下去，但我會盡量持續。不過只要經過一段時間，小奏應該就能克服母親的死了。因為她看起來是個很聰明的小女孩。」

「我是不太明白，不過明日香是委託你們刪除奏的演奏錄音嗎？」

圭司望向祐太郎，就像在說他懶得解釋這麼多。

「對，沒錯，似乎就是這麼一回事。」祐太郎點點頭。「不告訴渡島先生，我想應該是明日香女士的一點淘氣。明日香女士是不是個很風趣的人？」

渡島仰望天花板，吸了吸鼻子：

「嗯，是啊，沒錯，她是個俏皮可愛，討人喜歡的人。」

祕、密。

明日香之所以微笑著對渡島這麼說，是因為即使不說，他遲早也會明白。每次錄音後就會自己消失的演奏錄音檔。小奏一定會很驚奇，跑去向渡島報告。渡島知道明日香曾經向「dele.LIFE」委託，因此一定立刻就會想到是怎麼一回事了。他會得知妻子的願望，以及妻子想要告訴他的訊息。

你不是孤單一人。

祐太郎覺得，步向死亡的委託人，一定是想要如此告訴丈夫。我也會一起好好地守望著小奏。你不是孤單一人。

「太傻了。」

渡島放下抬起的頭，用拳頭抹著流下的淚水微笑。

「她真的太傻了。」

很快地，洗掉淚痕的小奏回來了。接下來五人又閒聊了一會兒，祐太郎和圭司辭別渡島家。臨別之際，祐太郎把圭司交給他的手機放回鋼琴上。

開車回去事務所的路上，圭司在固定於後車座的輪椅上低低地說：

「或許我們陷在過去太深了。」

「什麼？」祐太郎說，從後照鏡看圭司。圭司看著窗外的景色。

「連將死之人都把目光放在未來。如果我能發現這理所當然的事，或許就可以更早做出應對——在小奏受傷之前。」

「或許吧。」祐太郎點點頭說。「不過至少我們趕上了，不是嗎？」

只有兩個人太空蕩的客廳。但是小奏在那裡彈鋼琴時，聆聽的不只有渡島一個人，手機也在聆聽著那弦律。即使看在他人眼中寂寞冷清，那仍是一副溫暖的團圓景象。

祐太郎這麼認為。

Lost Memories

失去的回憶

外觀是普通的住宅。占地廣闊，建築物也很大，但沒有豪宅的奢華。「幾十年前的透天厝，一般都是這種規模的喔」——這屋子就像傲視著周圍近年分割得愈來愈小的住宅用地，如此辯解著。

院子有石牆環繞，還有門柱。祐太郎穿過掛著門牌「廣山」的門柱之間，來到玄關的拉門前。沒看到像門鈴的東西。感覺裡面有人，祐太郎下定決心直接開門。

瞬間，一股熱氣迎面而來，讓他瞪大了眼間。

約十五坪大的木板地房間裡，是一排又一排的長桌，約二十名青少年等間隔坐著，各自面對自己的教材，專心一意地啃書。孩子們面向祐太郎的右邊而坐。附近幾名孩子應該是眼角瞥見了祐太郎，瞄了他一眼，但幾乎沒有任何反應，又繼續埋首唸書。祐太郎對他們的專注力佩服不已，環顧室內。多半是國高中生，似乎也有一些小學生。三名二十歲左右的男女走來走去，回答孩子們的問題，或提供建議。其中一名戴眼睛的男子望向祐太郎。祐太郎行禮，男子微笑走了過來。他的鼻樑中間呈弓狀隆起，眼鏡鼻墊就頂在上頭，使得眼鏡好像從應有的位置浮起似的。也因此男子給人一種有些傻愣的幽默印象。他穿著藍色條紋襯衫，黑色長褲。

「你是打電話來的真柴先生？」

男子壓低聲音問，免得吵到認真用功的孩子們。

「對。你是廣山先生？」

祐太郎點點頭反問，男子自我介紹「我是廣山輝明」，催促他進屋。祐太郎脫了鞋子，就要進去，廣山指示旁邊的鞋櫃。祐太郎把脫下的鞋子收進鞋櫃裡。

「我們上二樓吧。」

廣山依然壓低了聲音說，領頭走了出去。兩人經過讀書的孩子們後方，打開門之後，是一條走廊。從房屋的構造來看，右邊盡頭的門應該是廁所。祐太郎跟著廣山往左邊前進，走上盡頭的階梯。打開上去後緊鄰的門，立刻變成了個人住宅。先是木板地的廚房兼飯廳，再裡面是鋪地毯的客廳。從一樓的大小來看，二樓應該還有兩個房間。

廣山拉開飯廳的餐桌椅子。

「請坐。」廣山恢復普通的音量說。「啊，幸會，我叫廣山輝明。我們以前見過嗎？」

他從襯衫胸袋掏出名片，遞給祐太郎。

「ＮＰＯ法人　大家的學堂　廣山輝明」

是委託人廣山達弘的獨子。

「啊，我也不太確定耶。」祐太郎說。

委託人廣山達弘以前任職於外資投資顧問公司，同時長年在自家開設免費補習班。祐太郎的設定是，自己以前是這裡的學生之一。

「你是什麼時候來這裡的？」廣山問。

「十一、二年前吧。我國中的時候。」

「那麼是我小學三、四年級時囉？啊，那實在不記得了呢。也許見過幾次面，搞不好還聊過。」

對於當時的廣山來說，學生們只不過是定期來自己家的許多陌生大哥哥大姊姊，但是對學生來說，廣山卻是開放住家，提供做為免費補習班的廣山達弘老師的獨子，如果不稍微有點印象，未免不自然。但祐太郎不太能想像眼前的年輕人小學三、四年級的模樣，與其隨便猜測，倒不如別提起要來得保險。

「我國中的時候有點乖僻，應該沒有跟你說過話，別人應該也不太敢跟我說話。」

「有點而已嗎？」廣山笑了。「你說十一、二年前對吧？那時候會來教室的學生，都是些乖僻到不行的人。跟現在不一樣，有很多一看就像不良少年少女的人。啊，抱歉。」

「不會不會。」

「可能是因為我還小，所以才會這麼感覺，不過那些大哥哥大姊姊看起來都很可怕，所以我都盡量不要下樓。但是我爸很懷念，最近經常說起那時候的事。」

廣山說道，往流理台走去。

「喝咖啡好嗎？不過是即溶的。」

「啊，不用麻煩了，我上個香就告辭了。」

「再強調一次，只是即溶咖啡。」廣山笑道，在水壺裡裝進自來水，放上瓦斯爐。

「佛壇在那邊，請自便吧。」

祐太郎在催促下，離開才剛落坐的椅子。鋪地毯的客廳牆邊有個高度及腰的和式櫃，佛壇就設在上面。

「香和打火機在下面的抽屜，請自己拿。」

廣山說著，從流理台折了回來。

佛壇的高度站著拜太矮，坐著拜又太高。祐太郎打開佛壇底下的抽屜，取出香來。正規儀式中，應該先點燃蠟燭，然後用蠟燭的火點香。祖母是這麼教他的，但沒看見蠟燭，祐太郎只好直接用打火機點香，弓著身插進香爐，再弓著身合掌。

「是什麼時候的事？」

祐太郎對著未曾謀面的廣山達弘的牌位充分合掌膜拜後，回望廣山問。

「大概兩星期前。抱歉沒有通知到你。我爸手機通訊錄裡的人，我都通知過了，但以前的學生還是很難通知到。很多人也不知道連絡方式……」

「啊，不會，這是當然的。」

祐太郎也透過電話確定委託人在兩星期前過世了，但土撥鼠在昨天才收到訊號。根據委託人的設定，手機和電腦雙方二十四小時無人操作時，應該就要收到訊號。委託人真的死了嗎？如果死了，與訊號之間的時間落差意味著什麼？祐太郎就是來一探究竟的。從廣山這話來看，他動過委託人的手機，所以土撥鼠才沒有收到訊號。

在廣山催促下，祐太郎再次坐回餐桌旁的椅子。泡好咖啡的廣山在對面坐下來。

「我很久沒見到老師了，是之前聽認識的人提起老師過世的消息，嚇了一跳，才打電話來確定的。」

事實上，委託人達弘才五十三歲。

廣山與祐太郎對望，露出寂寞的笑：

「是心肌梗塞，走得很突然，我和我媽一開始都快崩潰了。啊，不，我們到現在都還是很難接受這個事實。」

祐太郎本來想問「令堂呢」，換了個說法：

「師母呢？」

對於來過補習班的學生來說，那個人是「老師」的「太太」，叫師母應該比較妥當。

「我媽昨天就去阿姨家住了。她說待在這裡，會一直想起我爸，所以想要暫時離開一陣子。」

「這樣啊。」

「就我來說，我倒是想要一直感覺到爸爸的氣息。看來每個人不一樣呢。」

「嗯，我瞭解。」祐太郎說。

「咦？」

「哦，沒有啦，我似乎可以瞭解想要一直感受著離世的人就在身邊的心情。」

「這樣啊。」

廣山點點頭。接下來兩人喝著咖啡，聊了一陣往事。但祐太郎沒有什麼可以說的，幾乎都是聽廣山說。

達弘是在結婚剛生下孩子不久，才三十二、三歲的時候，將自宅改建並開放為補習班。一開始只開放週末，老師只有達弘一個人。很快地，他的活動透過口碑傳播開來，學生愈來愈多，還有義工老師加入。一開始很多都是父母硬把不適應學校的孩子們帶來，但最近有更多是因為家庭經濟因素而無法上補習班，想要更深入學習、充滿幹勁的學生。

「所以教起來很輕鬆。」

這麼說的廣山，自己也在剛上大學後，兩年前開始擔任這裡的老師，指導學生。

「現在有多少名老師？」

「總共大概十五個吧。平日包括我在內，有三、四個大學生一起顧，週末也有社會人士，隨時都有五、六個人。啊，十一、二年前的話，里見老師已經在這裡了吧？大家的偶像里見老師。老師現在偶爾還會回來喔。」

「啊，你說里見老師嗎？好懷念啊。」祐太郎附和說。

「你想見個面嗎？我來打電話吧。」

「可是里見老師現在也已經變成大嬸一個了吧？感覺會破壞美好的回憶，還是不要好了。」

祐太郎笑著說，覺得差不多該離開了。

「啊，我可以借用一下洗手間嗎？」

祐太郎想要製造離開的機會，這麼說。

「啊，請便。」

祐太郎起身，用眼神詢問位置，廣山抱歉地笑：

「對不起，洗手間只有樓下有。請用樓下的。」

祐太郎走下樓梯，筆直前進，打開前方的門。他篤定裡面就是廁所，沒想到是一間小儲藏室。開門的時候，沒堆好的塑膠收納盒掉了下來。

「啊！」

他急忙撐住一個，但另一個掉下來了。他把撐住的一個推回去，撿起落地的另一個，放回原位，關上了門。那廁所在哪呢？正當祐太郎回頭時，廣山從樓梯走了下來。

「沒事吧？啊，洗手間在──」他說，指示教室裡面。

「啊，那邊。謝謝。」

進入教室一看，門口的對角處有道門，那裡就是廁所。上完廁所回來時，廣山坐在樓梯最下面一階等他。

「謝謝。那麼我差不多該告辭了。」

「這樣啊？」廣山點點頭站起來，臉上沒有半分笑意。「真柴先生是嗎？那是本名嗎？」

「咦？」

「還是名字也是假的？你是什麼人？」

「呃，我以前在這裡補習……」

「在這裡補習過的人，會不知道洗手間在哪裡？別再騙人了。」

「不是，我知道那裡有廁所，想說搞不好這一間也是。而且都那麼久以前的事了。」

「就連那麼久以前的事，也都只有我在說，你好像幾乎什麼都沒提起？」

「呃……」

祐太郎就要辯解，廣山制止似地接著說：

「脫鞋子進來的時候也是，如果是來過這裡的人，應該會反射性地把鞋子收進鞋櫃裡。那是這裡向來的規矩。而且最重要的是，」廣山說。「里見老師就算上了年紀，也不會變成大嬸，倒是成了個大叔。里見純平老師，大家的偶像，雖然冒出了脾酒肚，但依舊可愛迷人。」

被廣山定定地直視，祐太郎「啊哈哈」地乾笑。

看樣子瞞不過了。那麼就只能溜之大吉。這裡要是戶外，祐太郎應該也會拔腿就跑，況且他對自己落跑的腳程有自信。但這裡是室內，在入口從鞋櫃取出鞋子穿上的時候就會被逮住了。還是就拎著鞋子，先跑再說？

就在祐太郎決定要這麼做時，廣山扯開嗓門：

「神林！」

通往教室的門打開，一名男老師走了出來。皮膚曬得很黑，即使隔了一層衣服，也能看出底下的體型精悍結實。

「嗯？怎麼了？」

「這位是自稱以前來過這裡補習的真柴。這位是神林，體育大學橄欖球隊的……中後衛嗎？」

「對，沒錯。」神林點點頭，對著祐太郎說：「我是中鋒。」

現在是要聊橄欖球嗎？神林看著廣山等待下文。

「不，只是問一下而已，謝啦。」

「喔。」神林對廣山說，也向祐太郎行禮說「失陪了」，折回教室。

「你熟悉橄欖球嗎？我完全不懂，不過神林說他很擅長擒抱。」

「嗯。」祐太郎點點頭。

「腳程也很快。」

「這樣啊。」

「告訴我，關於我爸的錢，你知道些什麼吧？」

祐太郎一頭霧水地看著廣山。廣山從剛才開始，就一直以同樣的姿勢和表情盯著祐太郎。

「錢？」祐太郎反問。「這是在說什麼？」

反正自己假冒身分已經曝光。背後有近二十名小孩子，對方應該也不敢亂來。這麼一想，祐太郎大膽地追問：

「補習班的錢被人拿走了嗎？」

廣山盯著祐太郎，就像在觀察他的表情變化似地說：

「我爸死後，我查過他的銀行帳戶。匯入薪資的帳戶，和拿來做各種投資的帳戶，就算兩個加起來，還是遠遠不夠應有的金額。起碼有兩千萬以上的錢不知道消失到哪裡去了。也許你會覺得我死要錢，但要維持這家補習班，不能沒有錢。雖然有保險身故理賠金，但實在不夠我今後的學費，還有我媽往後的生活費。站在我們的立場，也不能把錢全部用在補習班上。要維持補習班，需要那筆不見的錢。你是不是知道我爸的錢跑去哪裡了？」

「不，我不知道，真的不知道。」

「那你假冒身分跑來這裡，甚至給陌生人上香，到底是有什麼目的？你是來刺探什麼的，不是嗎？」

廣山的目光很銳利，但看起來也很脆弱。祐太郎覺得那與其說是憤怒，更像是受傷。祐太郎不明白他受傷的理由，一屁股坐了下來。

「沒錯，我沒有來過這家補習班，不過我認識的人來過這裡。他是單親家庭，家裡經濟拮据，他很聰明，卻沒辦法去一般補習班。所以他得知這裡的事，來這裡補習後，很開心地跟我提起。」

廣山俯視祐太郎問：

「那個人現在呢？」

「死了。他來這裡補習，考上還不錯的高中，可是未來失去了希望。因為他上的是好學校，身邊的人都所當然地有著一帆風順的光明前程，但對他來說卻不是如此。他好像也想過要申請獎學金，但就算學費有著落，也沒有生活費。他母親又是個爛人。結果他自暴自棄，自以為流氓混混，最後真的死得就像個流氓混混。對不起，我撒了謊，今天我是替他來上香的。」

「這樣嗎？」

廣山目不轉睛地俯視著祐太郎，也一樣在走廊坐了下來。

「我已經無法分辨你這話是不是也是謊言了。」

廣山垂下頭來，看起來彷彿比之前小了一號。像這樣一看，他只是個還帶著稚氣的大學生。祐太郎重新想起他比自己還要小五歲。

「你問過你媽了嗎？你媽應該知道什麼吧？」

「我媽什麼都不知道。我們家的錢幾乎都是我爸在管，他會定期把固定的生活費轉到我媽的帳戶，我們家就是這樣維持生活的。我媽會不願意想起我爸，是因為她再也無法相信死掉的丈夫了。我也是，已經……」

廣山沒有說完，搖了搖頭。

「有沒有人感覺會知道這件事？啊，你的祖父祖母已經不在了嗎？還是親戚之類的？家裡的錢會不見，大部分不是在外面有女人，就是賭博，要不然就是被惡劣的親戚吸血。」

廣山不停地搖頭：

「我的祖父母在很早以前，我爸還在唸高中的時候，就出意外死了。我媽也只看過公公婆婆的照片而已。我祖父母好像都是獨子，我爸那邊應該沒有血緣相近的親戚，起碼沒有半個和我們家有來往的親戚。喪禮的時候，通知的也幾乎都是我爸公司的人。」

「那公司的人會不會知道什麼？」

「大部分都是外國人。雖然好像也有私交，但我覺得關係應該不到朋友那麼信任。」

「那會不會是朋友？借錢給朋友之類的。」

「我爸以前過得很苦，一直到二十二歲才總算進了大學，所以大學時期好像也沒交到要好的朋友，至於更以前的朋友，我甚至沒有聽他提起過。」

「那樣的話，呃，雖然不好啟齒，會不會是女人或賭博？」

「我很想說不可能，可是我已經不敢斷定了。也許真的就是這樣。我覺得對我自己的父親，我已經不敢肯定任何事了。」

廣山說著，表情扭曲，就像要哭出來一樣。

「電腦呢？」祐太郎盡可能若無其事地問。「你查過你爸的電腦嗎？」

「我想要打開，但電腦鎖住了。不過我爸不怎麼常用電腦，我覺得裡面應該沒有什麼。他應該只會上網路書店買書而已。補習班的網頁，也都是我們在管理。」

電腦只有偶爾才會用，光靠電腦無法確定生死，因此委託人才在設定時再加上了手機。祐太郎明白了原來是這個緣故。但委託人要求在死後刪除的資料，就存在電腦裡。祐太郎知道這件事。

「這樣啊。」

祐太郎不知道還能怎麼說。他說了毫無安慰作用的安慰後，懷著沉重的心情，離開委託人的家。

祐太郎回到事務所時，圭司正在自己的辦公桌看書。

「確認死亡了嗎？出現時間落差的原因是什麼？」

「嗯，呃……」

祐太郎支吾起來，圭司放下書，狐疑地皺起眉頭。

「我的假設定被拆穿了。」

「被拆穿啦？」圭司說，唇角挖苦地揚起。「嗳，也無所謂。那委託人確定死亡了嗎？」

「啊，嗯。就是，廣山老師開了家補習班，讓家裡沒錢、但想唸書的孩子去上課，免費的喔。還募集學生和社會人士擔任義工老師。」

「『大家的學堂』是嗎？你也看過網站了吧？所以呢？」

「嗯。其實我有個朋友，以前也去過那種地方。不是『大家的學堂』，不過是很類似的補習班。國中的時候。可是後來他學壞了，開始賣起合法興奮劑，不流行了以後，就改賣一氧化二氮什麼的。」

「笑氣嗎？真低次元的生意。然後呢？」

「嗯，他是個做低次元生意的、不長進的傢伙。可是他經常提起那家補習班的事，說從以前到現在，把他當人看的就只有那裡。」

「正常人只要像個人一樣正常地過活，就會被當成正常人。他在責怪別人以前，應該先反省一下自己的行為。」

「也許吧。不過他被捲入無聊的糾紛，已經死了。」

圭司目瞪口呆地冷哼一聲，但祐太郎不以為意，繼續說下去：

「他說，所謂把他當人看的意思，是那裡的老師告訴他，要把現在的時間投資在自己的未來上，這讓他想要為了自己的未來，珍惜現在的自己。」

說這話時，他看起來總是有些得意，又有些落寞。祐太郎想起了這些。

「那，委託人確定死亡了嗎？」

「我想要讓廣山老師留下來的補習班繼續經營下去。」

「留下？那委託人死了是吧？」

「廣山老師的兒子查看他的銀行帳戶，發現應該要有的錢不見了，卻不知道錢去了哪裡。如果那些錢在某個地方，希望可以拿回來。要維持補習班，似乎需要那筆錢。可以讓我看看委託刪除的資料嗎？」

「不行。」

預料中的回答。祐太郎搶在圭司伸手之前，把辦公桌角落的土撥鼠拉過去，抱在自己的懷裡。

「喂。」

圭司沉聲說，瞪住祐太郎。

「這太過頭了。還來。」

「錢不見了。廣山老師可能覺得沒有那些錢也無所謂。只要自己還在賺錢，就能支撐家庭和補習班，所以他挪用了一筆他認為沒有影響的金額，拿去某個地方了。但廣山老師沒料到他會死得這麼早。」

「跟我們無關。還來。」

圭司勾勾右手指，就像在招手。

「好吧。」

祐太郎把土撥鼠高舉過頭，就這樣退後了兩步。

「我要砸壞這東西，爭取時間，趁這段期間找他兒子談，想出不讓你刪掉資料的方法。只要雇用律師想法子，就有辦法吧？」

圭司依舊冰冷地仰望說個不停的祐太郎。

「那委託人的遺願呢？委託人是意外死亡，委託人之所以委託我們，就是為了這種情形。你踐踏委託人的意志，自以為在做善事嗎？你到底以為你算老幾？」

「我要砸了。」

「隨便你，從這邊的電腦一樣可以刪除。爭取時間？別笑掉我大牙了，只要兩分鐘就能解決了。」

「不只是補習班而已。發生這種事，太太和兒子都無法相信廣山老師了。我不知道廣山老師想要刪除資料來保護什麼，可是他一直經營的補習班關掉，還失去妻子和兒子的信賴，真的有什麼東西這麼重要，甚至犧牲這麼多也必須保護嗎？這樣一來，廣山老師的人生豈不是真的變成一場泡影了嗎？」

圭司的眼神忽然動搖了一下。那隱約動搖的眼神在桌上的書本停留了片刻。祐太郎望向那本書。是之前祐太郎從書架拿起來看的書。

當時圭司說那本書是「民事訴訟法」，還說「我爸的」。

至少那不會是娛樂書籍。即使圭司能理解它的內容，也是一樣。

「有些事物可以藉由刪除來保護，但也有些事物，可以透過保留來保護。讓我確定一下內容就好了。如果裡面的資料和消失的錢無關，再默默刪掉就是了。」

圭司盯著桌緣好半晌，最後嘆了一口氣，又勾勾手指像在招手。

「還來。」

「你願意確定一下嗎？」

「資料只有土撥鼠可以叫出來，你弄壞它會很麻煩。所以只有這次，下不為例。還來。」

「謝謝！」

儘管這麼說，祐太郎還是無法完全相信，手不肯從擺到桌角的土撥鼠上放開。圭司瞥了祐太郎一眼，不悅地伸手把土撥鼠拉過去，打開螢幕，敲打鍵盤和觸控板。祐太郎不再提防，看著圭司作業。反正能接觸到資料的就只有圭司，不管怎麼樣，都得要圭司動手。

「時間落差的理由是什麼？」

圭司操作著土撥鼠問。

「哦，手機。他兒子動過手機。」

「原來如此。設定是二十四小時，手機和電腦都無人使用，就刪除電腦裡的資料夾。所以才會沒接到訊號。手機沒有上鎖，是因為手機裡沒有什麼見不得人的東西嗎？」

圭司說著，停下動個不停的手，嘖了一聲。

「看來完全就是。」

他把螢幕轉向祐太郎。

「資料夾裡是網路銀行的帳戶管理程式。把它刪除，就不知道帳戶的存在了。」

「是嗎？」

「沒有存摺和現金卡，第三者會知道有這個銀行帳戶嗎？是同樣的道理。」

「可以看這個帳戶的內容嗎？」

「沒辦法。」

圭司啟動程式，出現要求輸入帳號及密碼的畫面。

「不知道帳號和密碼。」

「沒辦法破解嗎？電視上不是有嗎？自動輸入一堆數字，然後『啊，中了！』這樣。」

「你在講暴力攻擊法嗎？那是幾百年前的老古董技術了？再說，只要是有最起碼安全意識的網站，連續輸錯密碼幾次，就會暫時拒絕該帳號嘗試登入。況且我們連帳號是什麼都不知道。」

「啊……可是喏，之前你不是說過？資訊外洩不是系統不好，而是人太不小心之類的。既然這樣，找一下廣山老師的電腦，搞不好可以發現什麼？」

「帳號和密碼啊……」

圭司喃喃，輕點了幾下頭。

「試試看好了。雖然感覺好像你在測試我的斤兩似的，超不爽的。」

「我沒有啊。」祐太郎說。「我完全沒有這個意思。」

圭司沒應聲，操作土撥鼠。好一陣子之間，房間裡只有圭司敲鍵盤的聲音作響。

祐太郎聽著這聲音，思考是自己話中的什麼說動了圭司？不過不消尋思，他早已知道答案，即使進一步想，答案也不會變。

『失去妻子和兒子的信賴，真的有什麼東西這麼重要，甚至犧牲這麼多也必須保護嗎？這樣一來，廣山老師的人生豈不是真的變成一場泡影了嗎？』

是這句話讓圭司動搖了。祐太郎對他動搖的情感繼續訴說：

『有些事物可以藉由刪除來保護，但也有些事物，可以透過保留來保護。』

他是在無意識之間故意這麼說的。

祐太郎認為，圭司的父親死後，圭司應該從父親的數位設備中刪除了某些資料。就像舞所懷疑的。

圭司刪除的資料是什麼？圭司有可能某一天向舞坦白嗎？最重要的是，圭司後悔做了這件事嗎？

「吵死了。」

不悅的聲音傳來，祐太郎回望圭司。

「不要丟球。吵死了。害我分心。」

聽到圭司的話，祐太郎才發現自己不知不覺間拿了棒球朝著牆壁丟。

「啊，被傳染了。」祐太郎說。「抱歉，我不丟了。」

「算了，已經好了。」

「好了？已經查到了嗎？」

祐太郎當場拋下棒球，回到圭司的辦公桌前。

「要是讓系統安全人員來審判，委託人一定會當場被判無期徒刑。就是這種用戶太多，安全管理人員才會那麼辛苦。」

「什麼意思？」

「他用了跟網路書店一樣的帳號密碼，而且讓瀏覽器自動記錄起來。豈止無期徒刑，這應該判死刑。」

「裡面是什麼？」

圭司把螢幕轉向祐太郎。

「這個帳戶從很久以前就在使用了。十二年前開設的，後來分成幾次，由委託人自己匯入大筆款項。」

「多少錢？」

「分成五次，總計八百萬。我不清楚詳情，不過應該是把瞞著家人藏起來的錢，趁著開設網路銀行帳戶的時候，一口氣匯進去吧。」

「也就是本來把私房錢藏在各個地方，因為買了祕密保險箱，所以一口氣存進裡面嗎？」

「差不多。後來不定期有錢匯進戶頭裡。匯款人是委託人自己。也有從ＡＴＭ存進去的錢，不過應該也是委託人自己存的。存進去的總額，和初期的匯款總計起來，大概有兩千兩百萬。」

委託人的兒子也說，起碼有兩千萬以上的錢從戶頭消失了。

「藏了這麼多的私房錢，同時還要支撐一個家，經營免費補習班，真了不起。」

「投資顧問公司薪水很好嗎？」

「要看公司，也要看人，最重要的是大環境。市場整體低迷的時候，就算想賺，也有個限度。這種時候，實領薪資應該會減少，有時還會遇上冷血無情的裁員。不過嗯，薪水比一般企業好上太多吧。事實上委託人就存了這麼多私房錢。」

「可是這麼一大筆錢，到底是要做什麼用？」

「開設戶頭後的五年之間，裡面的錢完全沒有動過，只是存起來而已，但是從七年前開始動用了。每次都匯款給固定的對象。」

「誰？」

女人嗎？祐太郎當下這麼想，但圭司叫出的畫面顯示的匯款對象，非男亦非女。

幸福照護之家　楓之鄉

「幸福照護之家？什麼東西？」

「這個。」

圭司把連接土撥鼠以外的電腦的三台螢幕之一轉向祐太郎。螢幕上顯示一家附看護的私人老人安養院官網「幸福照護之家　楓之鄉」。這個機構共有約三十個房間，地點在千葉縣千葉市。

「委託人每次都以『三笠幸哉』的名義匯款過去。七年前的第一次匯了一百五十萬，接下來每個月各匯二十萬圓。」

「七年前？接下來每個月匯二十萬？那……」

「總共一千五百多萬，再加上最早的一百五十萬，帳戶裡的餘額只剩下這樣。」

圭司再次回到土撥鼠，將戶頭餘額顯示在螢幕上。

「五百四十萬？本來有超過兩千萬，只剩下這樣？」

「設定成每個月二十日自動轉帳二十萬過去。」

「這筆錢是什麼？」

「照一般來想，是安養費吧。委託人為某個住在這家安養院的人支付費用。一開始的一百五十萬，應該是最早的入住費用。」

圭司從「幸福照護之家　楓之鄉」的網站叫出收費標準的頁面。不同的房型和合約內容，金額也不相同，不過「入住費用」列出「〇～二五〇萬圓」，「月費」則是「十四～二十五萬圓」。

「可是，是為了誰？廣山老師的父母應該已經過世了。說是在他高中時就意外死亡了，父親那邊也沒有有往來的親戚。」

「如果是正常的關係，就不會瞞著家人。再說，連匯款名義都是別人的名字，這太奇怪了。也有可能是委託人替這個叫三笠幸哉的人支付安養費。」

「被那個三笠幸哉勒索嗎？」

「這就不曉得了。」

「這可以取消嗎？如果丟著不管，這個月也會轉帳出去吧？」

雖然遠遠不及廣山所期待的金額，但祐太郎想要至少保住剩下的錢。

「我拒絕。」

圭司在伸長了脖子觀看的祐太郎鼻尖「啪」地一聲闔上螢幕，把土撥鼠拉過去。

「從帳戶轉帳出去的，只有定期的匯款。而委託人之所以委託刪除，就是希望可以持續轉帳出去。我不能任意取消。」

圭司的手壓在土撥鼠上。想想圭司的體能，要搶走土撥鼠不是件易事，祐太郎也不打算做到這種地步。

「我想知道他是為了誰、為什麼轉帳。」祐太郎說。「如果理由可以接受，我認為應該讓太太和兒子知道。現在他們兩人的心中充滿了對廣山老師的不信任。這種高漲的不信任，把兩人心中的廣山老師壓扁、趕走了。我覺得不能夠這樣。」

祐太郎是打算再次訴諸圭司的情感，但圭司沒有那麼軟弱，會因為同樣的攻擊而再次動搖。

「你怎麼想不重要。委託很清楚。我們接下了委託。既然如此，接下來就只需要完成委託。」

圭司淡淡地說，再次打開土撥鼠的螢幕，手指迅速地在觸控板上跳動。

「抱歉。」

很細微的呢喃。「答」的一聲，圭司最後在觸控板上一點。看來委託已經完成了。圭司再次闔上螢幕，將土撥鼠推開，轉動輪椅，背向祐太郎。

回家一看，玄關門沒鎖。祐太郎打開玄關拉門，小玉先生和燉煮料理的香味迎接了他。

「我回來了。」

祐太郎抱起小玉先生走進裡面，廚房裡的遙那回過頭來，做出吃驚仰身的動作：

「怎麼這麼快！難得我正準備要做大餐呢！」

「就算我比較早回來，妳還是可以照著預定走啊。大餐？真期待。我坐這邊等。」

祐太郎指著矮圓桌說。

「可是既然祐哥回來了，你做比較快，也比較好吃啊。真是的，太可惜了。」

遙那放下捲起的袖子，伸手指示廚房說：「請。」祐太郎放下小玉先生，挽起袖子，邊洗手邊看廚房。雖然遙那那樣說，但筑前煮（註4）已經做好了，接下來好像只等味噌魚完成。有味噌醃鰆魚。祐太郎看看菜色，心想味噌湯裡放綠色蔬菜比較好，打開冰箱取出小松菜。

「今天真早下班。」遙那說。

才五點多而已。

「啊，嗯。」

找到油豆腐皮，但沒看見預先做起來放的高湯。他想起今天早上用完了，輕嘆了一口氣。

「難道已經被炒魷魚了？」

是自己的嘆息被誤會了嗎？祐太郎本來要苦笑，卻轉念心想或許不是誤會。祐太郎自己也弄不清楚他剛才的嘆息究竟是為了哪樁。

圭司完成委託後，兩人同處一室，氣氛實在尷尬得難受，所以祐太郎決定早早回家。「我先走了。」祐太郎說，圭司完全沒挽留。

「沒被炒魷魚，不過可能差不多該辭職了。」

祐太郎關上冰箱，從櫃子裡拿出高湯粉包，如此應道。

「怎麼了？跟老闆吵架了？」

「也不算吵架，可是覺得還是不太一樣。」

「不一樣？什麼東西不一樣？」

「嗯，工作上的觀念？」

「哦？哦？」

「圭——啊，我們社長叫圭，圭有一種信念吧。不，好像也不算，不是那種不可動搖的信念，而是更怎麼說，對，就像是鎮石。有個像鎮石一樣的東西沉甸甸地從上面壓著他，因為有這塊鎮石，圭才能非常冷靜、確實地執行工作。可是在我看來，那鎮石還

註4：日本九州北部地方的鄉土料理，已成為日式家常菜，將各種根莖蔬菜與雞肉一起炒過後，再以醬油、味醂、砂糖等燉煮而成。

是很沉重，覺得他似乎很痛苦。不過我也覺得因為有那鎮石，圭才能夠是圭。」

祐太郎切著小松菜和油豆腐皮說。

「然後我的話，有時候就會想要暫時把那鎮石擺到一邊去，讓自己輕鬆點，可是圭就絕對不會這樣。不是不這樣做，而是不允許自己這樣做，唔……妳懂這種感覺嗎？」

沉默讓祐太郎回頭，一臉怪笑的遙那和被她強迫用後腳站立的小玉先生正看著他。

「怎麼了？」祐太郎問。

「我和小玉先生正在吃味。」

「什麼？」

「我第一次聽到祐哥像這樣談論別人。對吧，小玉先生？」

「才沒有。」

「就是有。你從來沒有這麼熱心地談論別人的事。我一直擔心祐哥雖然對人很友善，可是可能沒有朋友呢。」

「是嗎？」

祐太郎說，繼續做飯。把小松菜和油豆腐皮放入鍋中，用烤網烤起味噌鰆魚。

「那，社長怎麼樣？」

「嗯？」

祐太郎盯著別讓味噌烤焦，反問道。

「社長對祐哥的評價是什麼？」

「唔，不曉得耶。噯，我這工作就像跑腿小弟，他應該覺得什麼人都可以吧。因為什麼人都可以，所以我也可以。」

「啊，好乖僻喔。」

「就是這樣的啊。他是使喚人的，我是被使喚的。我們是工作上的關係，可不是朋友。」

飯菜做好後，兩人坐在矮圓桌旁，小玉先生坐在旁邊，吃起比平常早的晚飯。

「那，交給社長就好了啊。」

「什麼？」

「要做到何時，交給對方決定就好了。待到他叫你別做了為止。因為他有好好付薪水給你吧？」

遙那接連將雞肉、蓮藕、牛蒡、紅蘿蔔丟進口中說。

「啊，嗯，是啊。雖然也沒多少錢。」

「比起之前那種打零工似的、只做一次就沒有了的莫名其妙工作，我是覺得放心多了。而且我覺得在那裡工作以後，祐哥變得好些了。」

「好些了？」祐太郎反問。「什麼叫好些了？」

「怎麼說呢？」

明明是遙那自己說的，她卻咬著筷子歪起頭，目不轉睛地看著祐太郎。

「表情，或者說整個人的感覺？感覺變好了。」

「啊，妳的意思是說我以前很糟？」

祐太郎反問，遙那「哈哈」笑著打馬虎眼。這讓祐太郎明白了遙那這話與妹妹有關。自從妹妹過世以後，遙那覺得祐太郎看起來就像是缺了什麼。應該是這個意思。但缺了什麼，祐太郎自己不明白，遙那應該也不明白。在圭司底下工作，讓他恢復了什麼、可以找回什麼嗎？他也不明白。不過比起以「自由跑腿人」的身分從事灰色地帶的工作時，心情上好過許多，也是事實。

「那，嗯，我再做一陣子看看吧。」祐太郎說。

「這樣才好。」遙那說。

小玉先生用「沒有異議」的表情「喀啦啦」地啃著貓食。

隔天祐太郎到事務所一看，圭司正在操作土撥鼠以外的電腦。

「早。」祐太郎說，圭司瞥了他一眼，用下巴努努印表機。

「喏。」

印表機的紙盤上疊了幾張列印出來的紙。祐太郎以為圭司是叫他拿過去，拿起紙來，就要遞給圭司時，注意到上面的文字。

三笠幸哉

他不知道自己是好奇什麼，唸出聲來：

「三笠幸哉。」

聽到自己的聲音他才想到，三笠幸哉就是委託人廣山達弘轉帳給老人安養院時使用的名字。他急忙望向手上的紙，上面是地方報的簡短報導。不是報紙的影本，而是歸檔後的純文字文章。

「對，三笠幸哉。三十二年前在海邊溺死，當時二十一歲。我找了一個晚上，但找不到其他可能的『三笠幸哉』了。」

「你幫我查了？」

「反正也沒其他工作。」圭司說，立刻回到正題。「就像報導中說的，三十二年前的八月，三笠幸哉去靜岡的海邊戲水，不幸溺斃。」

報導中確實是這麼寫的。居住在靜岡市的二十一歲無業青年三笠幸哉和朋友去海邊戲水，結果在海中溺水，失去蹤影。雖然很快就在海中發現，被救生員救上岸，但是在送醫後不治死亡。報導中提到意外當時三笠喝了許多酒，就像在暗地裡責備這是他自己的過失。

「廣山老師以三十二年前在海邊意外死亡的三笠幸哉的名義，為某人支付老人安養院的費用，是這麼回事嗎？」

「沒錯，就是這樣。」

圭司看祐太郎的手，努努下巴。祐太郎翻開其他的紙，列印的是「大家的學堂」網站中介紹緣起的部分。創辦人是廣山達弘，還有他簡單的履歷。出生地是靜岡縣靜岡市。

「兩個人認識？」

「委託人在兩星期前過世，享年五十三歲，所以三十二年前是二十一歲，和三笠幸哉同年。雖然不知道委託人在靜岡住到什麼時候，不過他是三笠幸哉居住的靜岡市出身。關於兩人的關係，目前查得到的就只有這些。」

這說法令人好奇。

「兩人的關係？其他還有什麼嗎？」

「我打電話去那家安養院『楓之鄉』，說想要緊急連絡三笠老人家，討論幸哉先生的事，請院方轉接電話。」

「三笠老人家是誰？」

「委託人用三笠幸哉的名義支付安養費，我猜住在安養院的應該是三笠幸哉的母親或父親。」

「然後呢？」

「住在那裡的是三笠泰臣。安養院回答說，是可以轉接電話，但三笠先生沒辦法接聽。似乎是無法正常說話的狀態。」

圭司說完，看向祐太郎。

「是不是大概瞧出個端倪了？」

「三笠幸哉生前的朋友廣山老師，為了過世的朋友的父親，持續支付安養中心的費用，是嗎？」

「一般朋友不可能做到這種地步。那個朋友三十二年前就已經死了，如果只是一般朋友，友情早就斷了。」

「那是為什麼？」

「三笠幸哉和朋友一起去海邊戲水，結果溺斃。而且當時三笠幸哉喝了許多酒。當然是和朋友一起喝的。」

「那個朋友是廣山老師？」

「這麼想的話，一切都說得通了。委託人因為三笠幸哉的意外死亡深感自責，有可能是他硬灌三笠幸哉喝酒，或是半開玩笑地慫恿、甚至是強迫喝醉的三笠幸哉去游泳。害三笠幸哉溺死的，有可能就是委託人。」

「所以廣山老師為了三笠幸哉的父親支付安養院的費用？」

廣山達弘在年輕時造成朋友意外死亡，一直深感罪惡。隨著年紀增長，他結了婚，也生了小孩，有了一份好工作，領著比別人優渥許多的薪水，過著人人稱羨的美滿生活。然而這樣的生活愈是持續，廣山達弘心中的罪惡感就愈沉重。從某個時候開始，廣山達弘瞞著家人，為了贖罪開始存錢。然後他找到朋友的父親，為他支付老人安養院的費用，現在仍繼續支付。為了在自己有什麼三長兩短時，支付仍會持續下去，他動了手腳，不讓任何人發現網路銀行的帳戶。

「可是，」祐太郎想到說。「三笠泰臣是嗎？他是三笠幸哉的父親吧？大概。」

「嗯，大概。」

「泰臣先生以為老人安養院的錢是誰在付的？如果他知道是兒子以前的朋友，應該不會想要依賴對方吧？這不管怎麼想都很奇怪啊。」

「如果委託人向三笠泰臣坦承三十二年前的意外中自己的責任，請他原諒的話呢？」

「唔……」祐太郎沉思起來。

有人來謝罪，說是他害死自己的兒子，要求提供經濟援助。一般的話，應該不會接受。即使因為某些理由接受了，父親會允許對方使用兒子的名義嗎？

祐太郎這麼說，圭司也露出沉思的樣子，點點頭說「確實」。

「是在千葉嗎？」祐太郎說。

圭司好像知道祐太郎想做什麼。他冷哼一聲看祐太郎：

「知道更進一步的內情，又能怎樣？」

「如果有可以轉達給兒子和太太的事，我想告訴他們。當然我會小心，不會洩露委託內容。」

「安養院說他無法接聽電話，或許也沒辦法對話。」

「也許可以筆談，而且安養院的人搞不好知道什麼。」

「千葉嗎？」

「開車的話，不用一小時。我去打聽一下，三小時後就回來報告。」

「不用報告。」圭司說，推動輪圈。「喏，走吧。」

「幸福照護之家　楓之鄉」位在千葉市郊外一條小縣道旁。外觀平坦的三層樓建築物，看起來就像蓋錯地點的飯店。祐太郎想了一下為什麼它看起來不像公寓，而是飯店，注意到原來是因為沒有陽台。

把車停在停車場，從後車門用斜坡板推下圭司的輪椅時，建築物走出一名中年男子。好像是來幫忙的，但他來到車子旁邊時，祐太郎已經把輪椅放好了。男子胸前別著名牌「林」，是安養院職員。

祐太郎問，房間沒有陽台是基於安全理由嗎？結果林重新望向建築物說：

「不不不，不是所有的安養院都這樣的。我們這裡有陽台的只有二樓的娛樂室，不過是啊，被你這麼一說，我們的確沒有陽台呢。」

職員笑道，就像在佩服他的觀察力。

兩人在他的引導下前往建築物。入口旁邊的楓樹似乎就是安養院的名稱由來。楓樹雖然高大，但樹形不怎麼美。

穿過自動門進入裡面，正面有張小櫃台，旁邊則是幾把沙發。看起來還是很像鄉下地方生意冷清的飯店。

「那麼，兩位來是有什麼事？」

職員繞到櫃台另一頭問。

「我們想找三笠泰臣先生。」

「這裡不是醫院，只要是在會面時間內，都可以自由會客。」說完後，職員滿臉歉疚地繼續說：「不過這年頭，很多事情都得注意，方便我確認一下嗎？兩位和三笠先生是什麼關係？」

祐太郎還沒有想到設定，圭司就開口了：

「我們認識的不是泰臣先生，而是幸哉先生。」

職員似乎沒發現兩人正悄悄屏息觀察他的反應。

「幸哉先生……」職員視線轉動了一下，「啊啊」地深深點頭。「兒子是嗎？」

「你認識嗎？」

「對，泰臣先生住進來時，我見過他。」

祐太郎和圭司迅速交換眼色。三十二年前過世的三笠幸哉不可能過來。這表示委託人廣山達弘和三笠泰臣一起，佯裝兒子，辦理入住手續。圭司想到似地抬頭：

「我在網站上看到，要住進這裡，需要保證人對吧？泰臣先生的保證人是幸哉先生吧？」

「嗯，當然了。」回答之後，職員有些訝異地看著圭司。「這怎麼了嗎？」

「對，關於這件事，有點狀況……」圭司含糊其詞。

「這是指……？」

「很抱歉，由於事涉他們兩位的隱私，我不方便再透露更多。」

「哦，這樣啊……」

職員曖昧地點點頭，切換心情似地從櫃台探出上身，向兩人指示右方。

「這邊過去有電梯，請搭電梯上二樓。三笠先生比較可能在娛樂室，而不是自己的房間。他一有空就常待在那裡。房間和娛樂室都在二樓。如果需要，我可以叫一下負責人。如果兩位想知道他平日的起居狀況的話……」

「不，不必麻煩了。只要能和本人說話就行了。可以嗎？」

「跟他說話，我想他聽得懂，只是他不願意回答。雖然不至於影響日常生活，但我們實在不清楚他究竟理解多少。」

意思是不僅不會說話，認知功能可能多少也有些退化了。

「這樣，我明白了。謝謝。」

圭司催促祐太郎，移動輪椅。離開職員的視線範圍後，祐太郎說：

「保證人啊。所以廣山老師才會自稱三笠幸哉嗎？」

「嗯。所以匯款支付費用時，也使用三笠幸哉的名義吧。」

兩人沒有遇到任何人，來到電梯前。祐太郎按上樓鍵。

「廣山老師死掉的事……」

「應該要通知他。對泰臣來說，再過個兩年多，原本自動匯款的錢就會見底了。如果有其他收入來源就好了，如果沒有，會很棘手。啊，剩下的五百萬，你就放棄吧。」

「啊，嗯。」

祐太郎和圭司一起進入開門的電梯。

娛樂室裡有許多老人──祐太郎任意從「娛樂室」這個名稱如此猜測。他以為要如何從眾多的老人當中找出三笠，會是個問題，沒想到娛樂室裡沒有半個人。

「咦？」

那是個木板地的空蕩蕩房間。應該是用來做體操或唱歌的地方。角落有一架風琴，疊起來的折疊椅也靠放在牆邊。祐太郎環顧無人的房間，正歪頭納悶，圭司拍他的手：

「那個吧？」

循著圭司的目光望去，玻璃門外的陽台站著一名老人。老人穿著襯衫和薄毛衣，底下是長褲。右手拄著拐杖，身體略朝那一側傾斜。

走廊和房間沒有高低差。祐太郎脫鞋，圭司直接推輪椅進去。穿過房間，打開通往陽台的玻璃門後，老人依然遠眺著前方。祐太郎也望向那個方向。沒有什麼特別的東西。狹窄的縣道，遠處是高爾夫球場，其餘便只有類似老工廠的建築物、覆滿樹木的矮丘，以及陰沉的天空。景色乏善可陳，老人究竟在看些什麼，祐太郎無法想像。

「三笠泰臣先生嗎？」

圭司把輪椅推到旁邊出聲，但老人毫無反應，甚至看也不看兩人。鷹勾鼻、凹陷的臉頰，看上去就是張頑固的臉孔。

「不行呢。」祐太郎說。

「我們有事要通知你。」圭司逕自說下去。「廣山達弘先生過世了。」

應該不會有反應吧——祐太郎這麼以為，卻被老人意外的反應嚇了一跳。老人猛然瞪大了眼睛，瞪住圭司。

「真的很遺憾。」圭司說著，似乎也被懾住了。老人瞪著圭司的表情，就像要一口吞了他。「兩星期前，因為心肌梗塞。」

老人張開嘴巴，卻發不出聲音。拐杖脫離老人的手，發出乾燥的「喀啷」一聲掉落地上。老人朝著圭司的胸口伸出雙手，彎下腰來，揪住他的外套領子。

收回剛才的話！收回去！

那表情就像混合了憤怒與祈禱。祐太郎想要制止時，老人跪了下來，痛苦地發出咻咻喘息聲。

「快去叫人！」

圭司命令祐太郎，任由老人抓住衣領，撫摸他的背說：

「振作一點！」

祐太郎回神，衝出陽台，同時一名女職員踹飛拖鞋，跑進娛樂室來。

「三笠先生，你沒事吧？」

是個年約四十的富態女子。她看也不看祐太郎，直衝到陽台，在老人旁邊跪了下來。

「怎麼了？」

她責怪地看圭司，然後以同樣的眼神看向跟著回到陽台的祐太郎。

「有個令他震驚的消息。」圭司說。「我不該直接說出來的，抱歉。」

這時老人已經全身頹倒在圭司的膝蓋上了。女職員抓起老人的手腕把脈。一會兒後，她點了一下頭，對老人說：

「三笠先生，你能走嗎？」

沒有回應，但老人的呼吸似乎稍微平靜下來了。

「你幫忙一下。」

祐太郎和女職員左右攙扶老人的肩膀往前走。圭司撿起掉落的拐杖，也跟了上去。

在走廊上經過電梯間時，她努努下巴：

「那邊的二〇六號室。」

二〇六號室的門上掛著「三笠泰臣」的名牌。拉門沒有鎖。祐太郎打開門，和女職員一起將老人扶進房間內。除了床鋪和一張小書桌以外，沒有其他家具。扶老人在床上躺下後，她鬆開老人的襯衫衣領。

「三笠先生，聽得見嗎？」

老人慵懶地抬手推開她，點了幾下頭。

「應該不需要服藥吧。」

她把手放在老人的額頭上喃喃，老人慵懶地也拂開那隻手。

「真的沒事吧？」

女職員再問，老人點了幾下頭。

「好吧。只要稍微覺得不舒服，隨時叫我，知道嗎？」

老人再次點頭。

她催促祐太郎和圭司離開老人的房間。也許覺得兩人理當要跟出來，她頭也不回，踩著急躁的腳步走出去。

「我叫福島，是三笠先生的房務人員。啊，就是負責照顧他的人。」

祐太郎和圭司分別報上名字。福島把兩人帶到一樓的餐廳。餐廳裡有幾名老人和貌似家屬的人在談笑。她把兩人帶到最角落的桌子，就像要避開那和樂融融的空氣。

「剛才是怎麼一回事？」

她從熱水器倒了茶請兩人喝，開門見山地問。那口吻就像他們有義務要回答。祐太郎和圭司對望，圭司開口：

「前些日子，三笠先生的兒子三笠幸哉先生過世了。我們是來通知這個消息的。」

她倒抽了一口氣：

「怎麼會這樣？」

然後她慢慢地嘆了一口氣：

「啊，太可憐了。」

「是心肌梗塞，走得很突然。」圭司說。

「他兒子還很年輕吧？」

「對，五十三歲。妳見過他嗎？」

「三笠先生住進來的時候見過一次。還有，雖然次數不多，但他會來探望，我也看過他兩次左右。這已經是很久以前的事了，有一次三笠先生的兒子回去以後，他百感交集地說『讓他吃苦了』，還說『害他為難了』。」

聽到這話，祐太郎想要開口，被圭司用眼神制止：

「害他為難？這是什麼意思？」

「我是沒有聽說詳情，不過應該是經濟上的問題吧。三笠先生說，他兒子從小就很聰明，自己卻沒辦法供他讀什麼書，但他還是靠自己努力，打出一片天。你們知道嗎？聽說三笠先生的兒子二十二歲才上大學，二十六歲才畢業。然後說這個年紀要進入日本的企業工作很難，所以進了外國的公司。三笠先生還說，他的兒子真的很了不起，現在已經是個企業菁英了。」

令人一頭霧水。委託人廣山達弘為了當泰臣的保證人，借用了三十二年前死去的三笠幸哉的名字，費用的匯款也都以三笠幸哉的名義進行。這樣的話，就不可能出現福島說的那種狀況。為什麼泰臣要對廣山達弘現在的成功百感交集？

祐太郎看圭司，圭司也一臉困惑。

「泰臣先生和兒子感情好嗎？」

「我不清楚你說的感情好是指什麼，」福島一臉為難地說。「至少看起來並不像交惡。我覺得他們很關心彼此。」

兩人趁著其他院民叫女職員的機會，離開了餐廳。

「怎麼回事？」祐太郎問。「總覺得莫名其妙。這樣的話，豈不是變成來探望泰臣先生的是三笠幸哉本人了嗎？三笠幸哉還活著？是這樣嗎？還是——啊，泰臣先生已經痴呆了，分不出廣山先生和兒子了？」

「怎麼可能？」圭司不悅地應道。「聽到廣山達弘的死訊，泰臣不是震驚成那樣嗎？」

「啊，你要去哪裡？」

圭司不理祐太郎，迅速推動輪圈，坐上電梯，回到二樓，折回三笠泰臣的房間。敲門後說「我進去了」，不等回應便擅自開門。

泰臣閉目躺在床上。一瞬間祐太郎以為他死了，但胸膛緩慢地上下起伏著。圭司瞄了泰臣一眼，移動輪椅，前往房間角落的書桌。是附有寬幅抽屜，右邊有三層抽屜的單邊抽屜桌。沒有電腦，別說智慧型手機了，連傳統手機都沒看見。圭司掃視桌面後，伸手拉開抽屜。

「呃，咦？可以這樣嗎？」祐太郎小聲問。

圭司沒回答，翻找寬抽屜內部，很快又關上，換找右邊的三層抽屜，最後從最底下的抽屜取出了什麼。是一疊用紙帶束起來的信件。圭司毫不猶豫地抽出最外面的信封。信封相當陳舊，圭司端詳了一陣，取出裡面的信紙，信封則塞給祐太郎。收件人是三笠泰臣，住址是千葉縣千葉市，寄件人是靜岡縣靜岡市的三笠瞳。

圭司大略瀏覽內容後，眉頭深鎖，取出手機。

「信封。」

祐太郎聞言把信封還給圭司。圭司看著信封操作手機，很快地將手機螢幕轉向祐太郎。畫面上是千葉監獄的資訊。

「嗯？」祐太郎問。「千葉監獄？」

「我覺得內容很怪，原來收件地址是千葉監獄的地址。是三笠曈這名女性寄給在監獄服刑中的丈夫的信。」

「咦？啊，地址這樣寫也可以送到喔？」

「我也是第一次知道。內容應該會被檢查，但外觀只是普通的信件。」

圭司解開束起信件的紙袋，將信封一字排開。總共有十二封，收件人全是千葉市的三笠泰臣，但最後兩封筆跡明顯不同。圭司拿起其中一封翻到背面。寄件人從「三笠曈」變成了「三笠幸哉」。沒有寄件人的地址。

圭司把第一封看完的信遞給祐太郎。祐太郎接過去，圭司拿起下一封信，瀏覽內容。祐太郎猶豫了一下，也讀起手上的信紙。劈頭便看見令人驚嚇的字眼。

「殺人。」祐太郎喃喃。

兩人默默地依序讀起信件。

案件發生在距今四十年前。三笠泰臣當時好像在靜岡市內經營食品加工廠。他殺害的對象是附近居民，似乎是他的債主。

「法官不相信他是過失殺人，他一定很不甘心。他本來只是想請債主再寬限三天，沒想到會發展成那樣的悲劇。」

泰臣因殺人罪被判處十二年徒刑。妻子三笠瞳為了躲避周遭冰冷的眼神，帶著獨子搬到東京。然而兩年後，泰臣的父親病倒了。泰臣的母親已經過世，父親無人可以依靠。三笠瞳為了照顧公公，回到了靜岡。經過兩年的看護後，三笠瞳為公公送了終。

「我沒有照顧好公公，讓他走了，請原諒我。」

三笠瞳的來信只到這裡。接下來的寄件人變成了三笠幸哉。

雖說過了兩年，但周圍看待殺人犯家屬的目光依舊冰冷。三笠瞳受盡冷嘲熱諷和騷擾，仍照顧了公公兩年，在公公病逝，寫信告知泰臣後，沒多久就自殺了。

「爺爺走了，我以為我總算可以從你、從這個地方解脫了。」十七歲的幸哉在信中這麼對父親說。「可是我錯了。在這個地方照顧爺爺的這兩年生活，腐蝕了媽的身心。身為殺人犯在獄中服刑的你，和身為殺人犯之妻在這裡生活的媽，誰比較痛苦？」

筆跡凶悍而潦草，就彷彿滲透出十七歲的憤怒。

「有時候，我實在無法忍受自己是你兒子。有時候我會強烈地有一股衝動，想要讓自己從這個世上消失。」

三笠瞳的信撫慰、鼓勵丈夫，相反地，幸哉的信充滿了攻擊性。

「現在我住在市內的孤兒院，但也只能待到十八歲。我完全無法想像我滿十八歲以後要做什麼？但我常想，如果我不是你兒子，我現在是什麼模樣？我好想讀到高中畢業，也好想上大學。生活過得這麼慘，我卻沒有去死，是因為我才不要為你而死。我絕對不要因你而死。」

這封信以後，三笠幸哉的來信便中斷了。直到四年後，才有了下一封信。內容很簡短：

「我總算可以擺脫你兒子這個身分了。我總算可以自由了。我們此生不會再相見了。永別了。」

這是最後一封信。郵戳是七月。

「三笠幸哉溺斃，是……」

「對，當年的八月。」

等於是收到兒子的來信一個月後，泰臣便在獄中接到兒子在海邊溺斃的消息。那會是多麼沉痛的絕望？祐太郎回望躺在背後的泰臣。

「我們走吧。」圭司說。

兩人收好信件，用紙條束起來，重新放回抽屜，離開泰臣的房間。

「三笠幸哉果然死了。」祐太郎在走廊上邊走邊說。

「是啊。兩人應該是在那裡埋葬了三笠幸哉這個名字。」

「兩人？」祐太郎反問。「你說的兩人是誰跟誰？」

「三笠幸哉和廣山達弘。」

「廣山老師？」

「你說的廣山老師，不是我提到的廣山達弘。」

「什麼意思？」

圭司就此沉默，祐太郎跟著他，回到了娛樂室。圭司把輪椅推出陽台，繼續說道：

「三十二年前在海邊溺死的，是廣山達弘。那個時候，三笠幸哉宣稱屍體的身分是三笠幸哉，自己頂替了廣山達弘。信裡說的『我總算可以擺脫你兒子這個身分』，就是這個意思。」

「交換身分？兩人在那個時候交換了身分嗎？咦？那廣山老師——不是，三笠幸哉殺害了真正的廣山達弘，布置成溺死嗎？」

「應該不是。那樣厭惡犯下殺人罪的父親的年輕人，不管是出於什麼樣的理由，都實在不可能犯下相同的罪行。不過既然他在一個月前就預告了三笠幸哉的死亡，那麼溺死就不可能是偶發事故。這麼一來，答案只有一個。」

「什麼？」

「廣山達弘是自殺的。對人生不抱希望的三笠幸哉，認識了有自殺願望的廣山達弘。或是他們原本就認識，後來又重逢了。廣山達弘想要尋死，對自己的身分毫不在乎。而三笠幸哉並不想死，只是想要擺脫三笠幸哉這個身分。」

也許需要一些偽裝。但廣山達弘年輕的時候，父母便意外雙亡，也沒有往來的親戚，應該也沒有親密的好友。要與同樣失去母親、過著荒廢生活的「無業青年」三笠幸哉交換身分，應該不難。原本應該會被要求認屍的三笠泰臣人在監獄，只要在一起的朋友宣稱屍體是三笠幸哉，應該不會受到質疑。

「三笠幸哉以廣山達弘的身分讓人生重來了。廣山達弘應該具備高中學歷。三笠幸哉利用這個資格，進入大學。他本來就很優秀，順利從大學畢業，進了外資投顧公司，然後結婚並生子。」

我可以提供這孩子許許多多的資源。這件事一定讓變成廣山達弘的三笠幸哉歡喜得顫抖。然後他忽然想到了。現在的自己，有能力給更多的孩子更多的資源。

祐太郎望著遠方的高爾夫球場喃喃說：

「變成廣山達弘的三笠幸哉開放自家，開設免費補習班——為了幫助像自己一樣機會受限的孩子們，或是讓像自己一樣曾自甘墮落的孩子們能重新來過。」

「應該就是這樣吧。」圭司依舊望著遠方，點了點頭。「另一方面，泰臣服完刑期出獄了。但他當然作夢也想不到兒子還在世上。他也不想回到逼死妻子的故鄉，開始在監獄所在地的這裡定居生活。」

時光就這樣流逝，三笠幸哉也年歲漸長。他是從什麼時候開始，改變了對父親的觀感的？他是在距今十二年前開設戶頭的，在接下來的十二年之間，存下了一千四百萬。單純地計算，等於是先花了七年左右，存下了最初的八百萬。這麼一來，三笠幸哉就是在十九年前——也就是三十四歲的時候，開始為了某些目的存錢。那個時候，三笠幸哉已經開始原諒父親了。如果那筆錢是為了某天要為父親使用而存下的，就能這麼解釋。從時間點來看，是孩子出生後不久的事，也是他開設補習班的時期。祐太郎猜想，有可能是他接觸到許多的孩子，使得原本被塗抹成一片漆黑的父親的記憶逐漸復甦了。那不全是壞的回憶。綻放著微光的記憶，在三笠幸哉的心中復活了。

「三笠幸哉找到了出獄後的父親。」圭司接著說。「我不清楚兩人是否立刻和解、後來有什麼樣的往來。但泰臣開始需要照護後，三笠幸哉立刻把父親送進這家安養院，擔任保證人，支付費用。」

保證人：三笠幸哉。關係：長男。

這家安養院的文件上，一定是這麼記載的。這份文件如今已是顯示兩人真正關係的唯一證物。

「接下來要怎麼辦？」祐太郎問。

「兩年後錢就用完了。得告訴他才行。」

「是啊。」

後來好半晌之間，兩人只是茫然地望著乏善可陳的風景。射入陽台的夕陽漸漸西傾了。枯燥的景色逐漸沒入暮色之中。

兩人來到這裡約一個小時後，三笠泰臣再次現身陽台。拄著拐杖走出陽台的三笠泰臣恢復兩小時前的姿勢，呆呆地看著遠方，恍若全然無事。

「就像我剛才說的，你兒子過世了。」圭司靜靜地說，然後行禮。「請節哀順變。」

老人異於剛才，表情沒有變化。他看著遠方，口中喃喃著什麼。

「什麼？」圭司反問。

「沒有。」老人盯著遠方說。「我沒有兒子。」

「應該有吧？三笠幸哉，你的兒子。」祐太郎說。

「他死了。老早以前的事了。他老早以前就死了。」

老人喃喃道，就像在告知虛空。

感覺老人就這樣靜靜地造出一個殼，逐漸硬化。

祐太郎認為老人的認知功能應該很正常。他只是關在自己的殼裡，假裝愚鈍，來承受發自內心的痛，以及來自外在的痛。

而圭司讓他的殼出現了裂痕。

「你想見孫子嗎？」

老人的口中吐出一口氣。那湧自腹部的氣，是被什麼樣的感情給推擠出來的？老人轉頭，以黯淡無光的眼神看著圭司。

「你兒子過世，這裡的費用，再兩年多就會停止自動支付了。如果有人有義務照顧你，應該就只有你孫子了。」

「沒有。我沒有什麼孫子。」

「既然你這麼說，那也無所謂。不過兩年後，你就會被趕出這裡。如果事情發生得太突然，你應該會不知所措，我們也於心不安。我們確實通知你了。」

圭司轉動輪圈，打開玻璃門。

「走吧。」

祐太郎沒有回應這麼說的圭司，站到老人面前。

「要不要見他？先不論錢的事，你要不要見見你孫子？」

「我沒有孫子。」

祐太郎在凶狠地瞪過來的那張臉上，戴上想像中的眼鏡。鼻墊被鷹鉤鼻頂高，眼鏡看起來一定會像是浮出臉上。

「你孫子長得跟你很像。」祐太郎說。

老人狠狠地咬緊牙關，舉起手上的拐杖，揮了下來。拐杖重重地打在祐太郎的手臂上。再次默默舉起的拐杖，又默默地打在手臂上。一次，又一次。

嗚嗚嗚嗚，老人的嘴唇吐出嗚咽。嗚嗚嗚嗚，老人吐出顫抖的呼吸，不停地用拐杖擊打祐太郎。不知何時，淚水淌下老人的眼角。不知第幾次舉起的拐杖，被祐太郎夾在腋下制住了。

「再激動下去，對身體不好。」

祐太郎慢慢地推回拐杖，老人沒有再次舉起。

「我兒子死了。老早老早、老早以前就死了。」

老人再也不看祐太郎，這麼說道。他是想要保住死去的兒子的名譽嗎？或是即使有孫子，也不想打擾他們的生活？應該兩者都是。

「這樣啊。」祐太郎說。

「走吧。」

圭司再次催促，祐太郎離開陽台。走出娛樂室時回頭一看，老人就像放置在那裡的雕像般，拄著拐杖，重心微微朝那裡傾斜，眺望著遠方。那身影開始被黑暗所吞噬。

兩人在安養院的大廳叫住剛才的職員，告知三笠幸哉已經死亡，泰臣的費用可能兩年多後就會中斷。

「這種情形，三笠先生會怎麼樣？」圭司問。

「如果沒有收到費用，應該會請他遷離。啊，可是這下保證人也不在了呢。」

「如果保證人不在了，會怎麼樣？」

「本來的話，應該必須另覓保證人，但繼續收到費用的期間，應該是不會有問題。接下來的話……我想想，如果特別養護老人院能收容是最好的，不過應該也沒辦法吧，畢竟每個地方都人滿為患。只能尋找收容生活保護津貼受給人的安養院，利用成人監護制度來找保證人了。雖然這種做法有點問題。」

職員尋思了半晌，對兩人笑道：

「別擔心，我們會依照當時的狀況設法的。比起制度，現實更重要。只要現實上有遇到困難的老人家，大家都會合力想辦法的。老人看護的第一線都是這樣的。再說，還有兩年以上的時間吧？那麼久以後的事，對我們來說，根本是煩惱也是白操心。重要的是今天。光處理眼前的事都來不及囉。」

「這樣啊。」圭司頷首，向職員遞出「坂上法律事務所」的名片。「如果發生任何不測的狀況，請連絡這裡。我會交代他們一聲。」

「啊，好。」

兩人向職員行禮，離開安養院。祐太郎把圭司的輪椅固定在後車座，繞到駕駛座，一路上幾乎沒有對話，回到了事務所。

「這件事你要告訴委託人的兒子嗎？」

圭司像平常一樣安坐在辦公桌對面後，問祐太郎說。祐太郎一如往常地坐在沙發上，取出手機。「大家的學堂」的電話號碼已經存在裡面了。

「告訴他這件事又能如何？」

圭司再問，祐太郎尖銳地回望他：

「三笠泰臣先生是廣山老師的親生父親。只要知道這件事，廣山老師的太太和兒子一定會收留泰臣先生。可以在附近租公寓讓他住，或是住在一起。這樣一來，也可以把還沒有動用的五百萬圓用在補習班上。」

祐太郎自己也清楚這話有多幼稚。他防備著會聽到嚴厲的批判，沒想到圭司的聲音很平靜：

「委託人的兒子並不是孤軍奮戰。有許多人懷著相同的志向，一起維持著補習班。補習班應該會在這些人的幫助下，繼續經營下去。」

圭司諄諄開導似地說。

「太太也是，只要時間過去，一定會平靜下來。他們沒必要知道三笠幸哉這個名字。委託人也這麼希望。」

祐太郎垂下頭去。

「就沒有我們能做的事嗎？」

「什麼都不做，就是我們唯一能做的事。」

祐太郎也明白，那算不上回答的回答，就是正確的答案。

身為三笠幸哉的三十二年歲月，只留在泰臣的心中。重逢的時候，三笠幸哉是怎麼對泰臣說的？泰臣是如何回應的？或許有些夜晚，他們會聊起與母親和妻子過去的回憶，一同垂淚。搬進安養院，應該是兒子的提議。泰臣應該會說太花錢，想要推辭。三笠幸哉是怎麼說服父親的？兩人前往安養院辦理手續，簽下文件時，看見填寫的「保證人　三笠幸哉」、「關係　長男」等文字，兩人是什麼表情？在為數不多的幾次探望中，兩人以什麼樣的表情、用什麼樣的話談論了什麼樣的話題？這些種種的回憶，都將隨著總有一天會到來的泰臣的死亡，全數消失。

「欸。」

祐太郎收起手機出聲說。

「圭，你為什麼會開始做這一行？」

「沒什麼理由，自然而然。」圭司應道，反問：「問這個做什麼？」

「不，沒事。」

「喔。」

「只是啊，如果是我開公司，應該會做跟這完全相反的事。」

「完全相反的事？」

「把你死後想要留在世上的東西交給我保管！我會全力死守，讓它留在世上！」

「全力死守喔？」圭司說道，輕笑出聲。「真像你的作風。」

祐太郎從屁股後口袋掏出錢包，取出裡面的照片，看了一會，然後閉上眼睛。熟悉的情景浮現心頭。

燦爛的陽光。夏季的庭園。水管噴灑出來的水。淡淡的彩虹。戴帽子的少女。回首輕柔地一笑。身後搖擺的向日葵。

「圭，我有個請求。」

祐太郎睜開眼睛說。

「請求？」

祐太郎從沙發上站起來，來到辦公桌前。

「如果我死了，幫我保管這張照片。」

圭司遲疑了一下，接過照片注視。

「這是誰？」

「我妹。十三歲就死掉的我妹。」

「十三歲？」圭司喃喃。「怎麼會？」

「生病。她從小就得了很難治好的病。」

「這樣。」

「我妹死後大概一年，父母就離婚了。現在他們各自有了家庭，過得很幸福。」

「太過分了。」

祐太郎驚訝地看圭司，過了一會，才發現這話是出自對他的關心。祐太郎笑著搖搖頭：

「他們是太難過了。就連只是哥哥的我都這麼難過了，我爸媽一定難過到就像被五馬分屍那樣痛苦。所以如果他們能離開我妹以前生活的家，在別的地方得到幸福，那樣就好了。我會連他們兩個的思念都一起記住。」

「這樣啊。」

圭司點點頭，把照片還給祐太郎。祐太郎又看了那張照片一眼，閉上眼睛。

太陽的耀眼光線。庭院青草的香氣。灑出來的水珠閃爍的光芒。搖晃的彩虹輪廓。帽子的顏色。妹妹臉頰上的光澤。向日葵綻放的生命力。

全都比以前褪色了許多。

「如果我死了，」祐太郎睜開眼睛說。「圭，你要第一個趕來。這張照片我一定會隨身帶著，所以你要找到它，替我留著它，這樣就好了。不要把它丟了喔。千千萬萬可別把它跟我一起燒了。」

祐太郎用手指摸了摸照片中妹妹的臉頰。

「它不斷地消失而去。我想要保留下來，但是我妹的影子卻一天天從我的心裡消失而去。」

「從年齡來看，我會比你先死。你應該拜託更年輕的人。」圭司說。

「我沒有可以拜託這種事的朋友。」

「你真的是外強中乾吶。」

說完後，圭司沉默了。他把手伸向電腦鍵盤，但結果什麼也沒做，又縮回了手，轉動輪圈，背向祐太郎。

「我會記住的。」

片刻後圭司低聲說。

「嗯，拜託你了。」祐太郎說。

「不是。」圭司說。「我會記住你。」

「咦？」

「就算你死了，我也會記住你。會記住我跟你今天聊過這樣的事。只要有機會，就會告訴別人。連你妹的事一起。」

「嗯。」

祐太郎點點頭，把照片收回錢包。

桌上的土撥鼠靜靜地沉睡著。祐太郎遙想著與它相連的許多資料。等待著被刪除的資料。它們應該各別都是某人的一部分。既然如此，它們原本就注定終有一日要消失嗎？或者是因為人得到了永遠保存的技術，才會為它們煩惱？

祐太郎深深嘆息，再次閉上眼睛。

心中的妹妹以意想不到的鮮豔身影對著他溫柔微笑。

KADOKAWA 文學放映所108

小珠的幸福宅配車

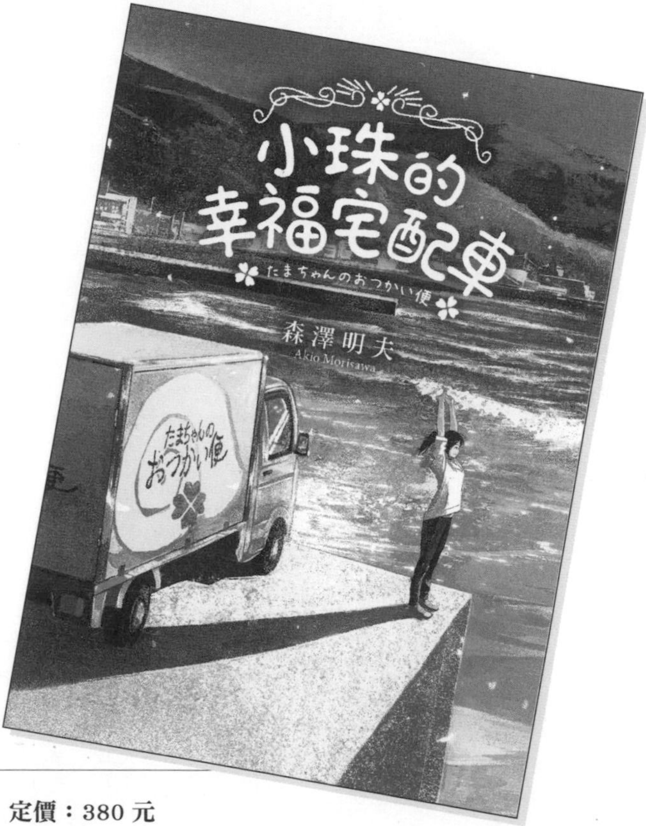

發售中　**定價：380 元**

森澤明夫◎著
鄭曉蘭◎譯

在鄉下城鎮裡，少子化和高齡化日益加劇。小珠為了幫助「採買弱者」的獨居老人，決定從大學休學並創業經營「跑腿宅配車」。可是，煩惱和糾紛接踵而來。與菲律賓籍繼母夏琳的隔閡、繭居不出的同學真紀、拯救不完的獨居老人、與重要的人離別……但她相信只要在這裡，所有事情都能實現。

國家圖書館出版品預行編目資料

dele 刪除 / 本多孝好作 ; 王華懋譯 . -- 初版 . --
臺北市 : 臺灣角川 , 2018.07
面 ;　公分 . -- (文學放映所 ; 111)

譯自 : dele ディーリー
ISBN 978-957-564-281-5(平裝)

861.57　　107006331

dele刪除

原書名＊dele ディーリー

作　　者＊本多孝好
譯　　者＊王華懋

2018年7月12日　一版第1刷發行
2018年9月10日　一版第2刷發行

發 行 人＊岩崎剛人
總 經 理＊楊淑媄
資深總監＊許嘉鴻
總 編 輯＊呂慧君
主　　編＊李維莉
設計指導＊陳晞叡
印　　務＊李明修（主任）、黎宇凡、潘尚琪

台灣角川

發 行 所＊台灣角川股份有限公司
地　　址＊105 台北市光復北路11巷44號5樓
電　　話＊(02)2747-2433
傳　　真＊(02)2747-2558
網　　址＊http://www.kadokawa.com.tw
劃撥帳戶＊台灣角川股份有限公司
劃撥帳號＊19487412
法律顧問＊有澤法律事務所
製　　版＊尚騰印刷事業有限公司
I S B N ＊978-957-564-281-5

香港代理＊香港角川有限公司
地　　址＊香港新界葵涌興芳路223號新都會廣場第2座17樓1701-02A室
電　　話＊(852)3653-2888